JN161536

ひみつのわくわくなふしぎ

なな

如月かずさ・作　はたこうしろう・絵

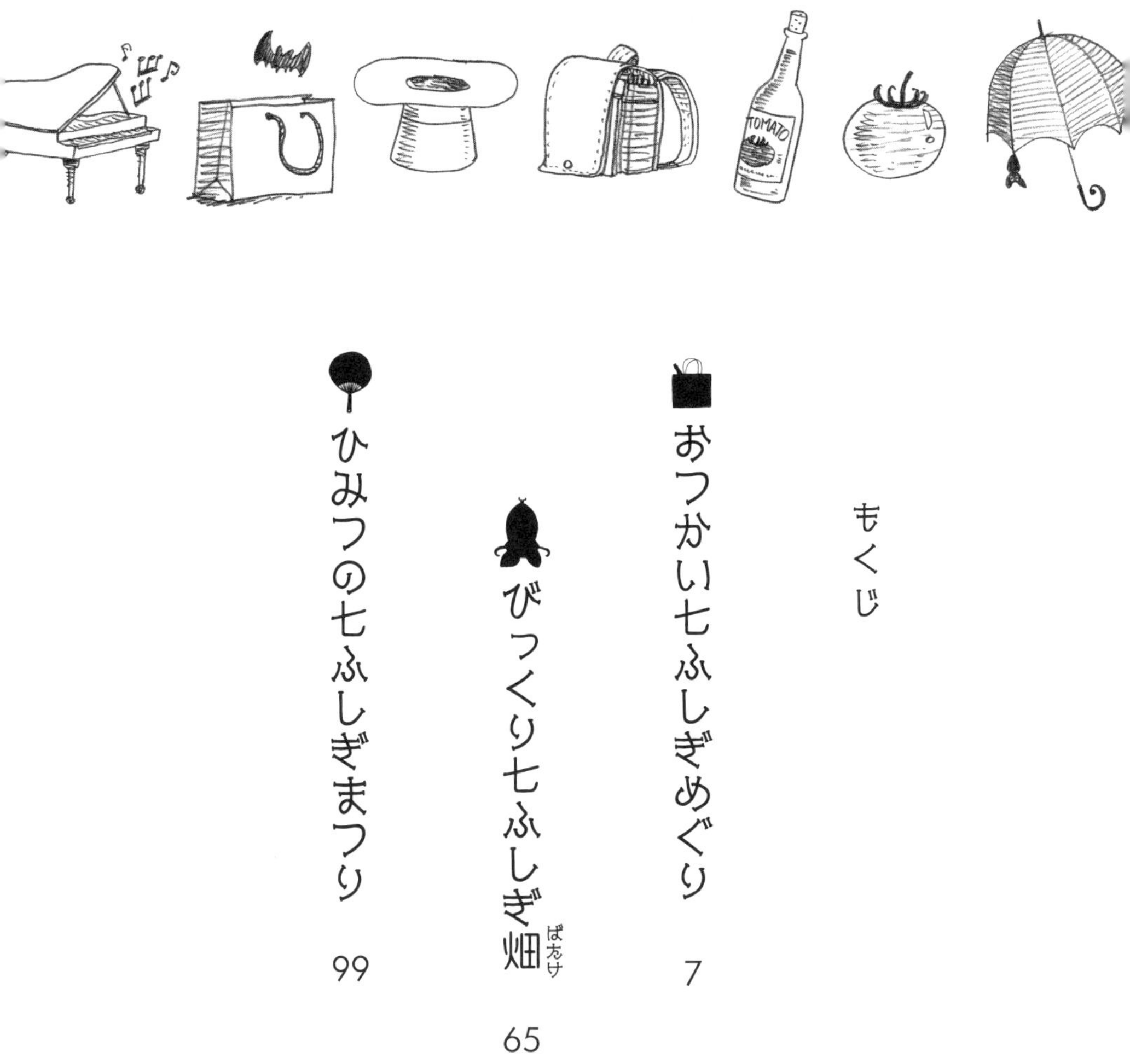

もくじ

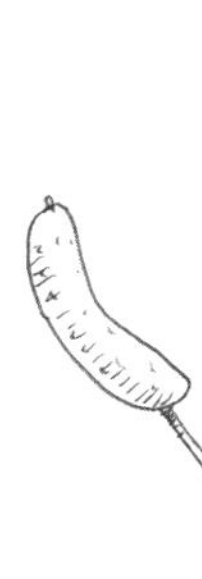

おもな とうじょうじんぶつ
← わがはい
ノダちゃん
ほんとのなまえは、
ロムニア・クルトゥシュカラーチ・
パパナッシュ17せいなのだ。
氷
サキちゃん
わがはいのだいじなおともだち。
3ねんせいなのだ。

ななふしぎ

サキちゃんの しょうがっこうで
うわさになっている とても
こわい かいだんなのだ。
…ほんとに こわいのだ？

こうちょう せんせい

おひげが すごく
りっぱなのだ。

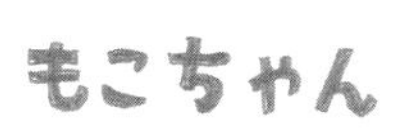

サキちゃんの
おともだち。
とってもオシャレ
なのだ。

トマト♥

ものすごく、
おいしいのだ。

おつかい
七ふしぎめぐり

とてもふしぎな事件がおきた日でした。

給食のサラダにはいっているトマトが、だれかにみんなつまみぐいされていたのです。

のこっていたのは、ほんのちっちゃなかけらだけ。それもわたしのクラスだけじゃなくて、ほかのクラスのサラダもぜんぶです。

そんなにいっぱいトマトばっかり、いったいだれが食べちゃったんだろう。

「もしかして、給食室にトマトずきのオバケでもすみついちゃったのかな」

学校がおわったあと、げた箱でくつをはきかえながら、わたしはなかよしのもこちゃんにそういってみました。するともこちゃんは、くすくすわらってこたえます。

「そんなおかしなオバケ、きいたことないわ。それに、うちの学校の七ふしぎは、もう七つあるでしょう。もうひとつふえたら、八ふしぎになっちゃうじゃない」

たしかに、八ふしぎなんてあんまりきかないよね。わたしがそう思っていると、もこちゃんが「あれ？」とつぶやきました。

「サキちゃんの服、へんなしみがついてるよ」

「えっ、どこどこ？」

もこちゃんが指さしたところを見ると、お気にいりのワンピースに、いつのまにか黒いしみがついていました。しかもしみは、なぜかくっきりコウモリの形。このしみって、まさか……。

そのときです。コウモリ形のしみが、とつぜんむくむくとふくらみはじめました。そしてしみは本物のコウモリになって、わたしのワンピー

スからとびだすと、ぱたぱたと校舎のおくにとんでいってしまいます。やっぱり、思ったとおりです。

もこちゃんはべつのほうをむいていて、服のしみがコウモリになったことには気づいていませんでした。

「もこちゃん、ごめん。わたし、大事な用を思いだしたから、きょうはさきに帰ってて」

わたしはもこちゃんにそういうと、いそいでコウモリをおいかけました。

コウモリはひとけのない校舎のおく

にとんでいきます。わたしがそのあとをおっていくと、コウモリは理科室のなかにまいこみました。理科室の戸に、すきまができていたのです。いつもはカギがかかっているのに、だれかがしめわすれたのかな。

　コウモリはそうじ用具をしまうロッカーのまえでぱたぱたしています。ためしにそのロッカーに耳をくっつけてみると、なかから、すぴぃ、すぴぃ、とかすかな声がきこえてきました。

　わたしはそっとロッカーのドアをあ

けてみます。するとロッカーのなかで、小さな女の子がおひるねをしていました。まっくろぼうしにまっくろの服、おまけにまっくろなマントまではおって、せまくて暗いロッカーのなかで、立ったまままきもちよさそうにねむっています。

「ノダちゃん、なんでこんなところでねてるの⁉」

わたしのびっくりした声に、ノダちゃんがむにゃむにゃいいながら目をさましました。そしてねぼけまなこできょろきょろしてから、ノダちゃんはわたしの顔を見あげます。

「あ、サキちゃん、おはようございますのだ」

そろそろ夕方になるというのに、ノダちゃんはそんなのんきなあいさつをかえしてきました。

ノダちゃんは、すこしまえの雨の日にしりあった、わたしの友だちです。なのだなのだいってるからノダちゃん。ほんとの名前は長すぎておぼえられなかったのです。

見ためはふつうの女の子だけど、ノダちゃんは人間ではありません。十字架がきらいで、まっくろ大すきの黒ずくめで、コウモリがしもべで、ごせんぞさまは人間の血が大こうぶつだったそうなので、たぶん吸血鬼です。だけどノダちゃんは血をすったりしないから、べつにこわくはありません。

「あっ、わがはいのコウモリなのだ。またかっ

てにどこかへいっちゃってたのだ？」

わたしを理科室までつれてきたコウモリを見て、ノダちゃんがいいました。

コウモリはノダちゃんがもっていたコウモリガサにぺたりとはりつくと、カサの黒い布にとけるように消えてしまいます。ノダちゃんのコウモリガサは、本物のコウモリでできている、ふしぎなカサなのです。

大きなあくびをひとつしてから、ノダちゃんはいいました。

「おなかいっぱいで、ひとやすみする場所をさがしてたら、ベッドのかわりにちょうどいいものがあったから、ちょっとおひるねしていたのだ」

吸血鬼は、いつもかんおけのなかでねているといわれています。そのせいか、ノダちゃんはせまくて暗いところでねたがるのです。それにしたって、ロッカーのなかで立ったままねなくてもいいでしょうに。

それからわたしは、ノダちゃんの言葉を思いだしてつぶやきました。

「おなかいっぱい……？」

わたしはあっ、と声をあげました。

「ノダちゃん！　給食のサラダのトマト、ぜんぶ食べちゃったのノダちゃんでしょ！」

ノダちゃんはトマトが大すきなのです。わたしの予想は大あたりだったようで、ノダちゃんはとたんにドキッとして、わざとらしく目をそらしました。

「な、なにをいってるのだ？　わがはいはつまみぐいなんてしないのだ」

「ごまかしてもだめよ。ほっぺたにサラダのドレッシングがついてるじゃない」

「これは、その、コウモリたちがつまみぐいをしているときにとびちったのだ」

ノダちゃんがしどろもどろにいうと、コウモリガサからコウモリたちがにゅっ、と顔をだして、キィキィなきはじめました。うそをつくな、とこうぎしているみたいです。

「もう、いくらトマトがすきだからって、給食のつまみぐいはだめだよ。それに、ぜんぶのクラスのトマトをみんな食べちゃうなんて、食べすぎでおなかをこわしちゃうよ？」

「ごめんなさいのだ。あんまりおいしそうで、がまんができなかったのだ」

ノダちゃんがぺこりと頭をさげます。

それからわたしは、ロッカーのすみにおいてあった、きれいな紙ぶくろに気がつきました。

「ノダちゃん、その紙ぶくろはなあに？」

「あっ、わすれるところだったのだ。わがはい、お父さまにおつかいをたのまれて、この学校にきたのだ。ここにいるお父さまのお友だちに、この紙ぶくろのトマトジュースをおとどけしなくてはいけないのだ」

ノダちゃんがふくろをあけると、なかにはわたしももらったことがある、おいしいトマトジュースのビンがはいっていました。

「ふうん、いったいだれにとどけるの？」

「それは……」

とちゅうまでこたえたところで、ノダちゃんは急にぽかんとした顔になりました。

「おひるねしたらわすれてしまったのだ。サキちゃん、わがはいはだれにトマトジュースをおとどけしたらいいのだ？」

「そんなのわたしにわかるわけないでしょ！」

ノダちゃんはかなりのわすれんぼさんです。お父さんのお友だちということは、先生のだれかでしょうか。だけど、ノダちゃんのお父さんもきっと吸血鬼だから、お友だちもふつうの人間ではないかもしれません。

「もしかすると、おとどけもののあいては、七ふしぎにでてくるだれかだったりして……」

「ナナフシギ？　サキちゃん、ナナフシギとはいったいなんなのだ？」

「ああ、七ふしぎっていうのは、この学校でうわさになってる、七つの怪談のこと」

「か、怪談というと、とってもこわい話なのだ？」

ノダちゃんがとたんにびくびくします。わたしはうん、とうなずいて、こわい話のしゃべりかたでつづけました。

「たとえばね、この理科室にも七ふしぎのうわさがあるの。ここにある模型のガイコツが、夜になるとかってにうごきだして、それを見た人にかみついてくるっていう……」

話のとちゅうで、ノダちゃんはぴゃあっ、とひめいをあげて、ロッカーのドアをしめてしまいました。ノダちゃん、吸血鬼なのにこわがりすぎ。

「ごめんごめん、ただのうわさだから、そんなにこわがらなくてもだいじょうぶだよ。わたしもこの教室にはたまにくるけど、ガイコツにかみつかれたことなんてないし」

「ほんとにほんとなのだ?」

ノダちゃんがおそるおそるドアにすきまをあけます。

「ほんとにほんと。ほら、あそこのガイコツ、べつにうごいたりしてないでしょ」

そうこたえて理科室のすみにあるガイコツの模型を指さすと、ガイコツはなぜか、わたしたちにせなかをむけて、かべのほうをむいています。

あれ？　どうしてあんなむきになってるんだろう。わたしはなんとなく気になって、ガイコツのほうにいってみました。ノダちゃんもわたしのせなかにかくれるようについてきます。

わたしはかべを見つめているガイコツの顔をのぞいてみました。するとそのとき、ガイコツの首がくるっとまわってそっぽをむきました。

「えっ、ガイコツがうごいた⁉」

おどろいてノダちゃんをふりかえると、ノダちゃんも青い顔でなんどもうなずきます。

ためしにもういちど顔をのぞこうとすると、ガイコツはすぐにまたぎゃくをむいてしまいました。気のせいなんかじゃありません。たしかにガイコツがひとりでにうごいています。だけど、どうして顔を見せたがらないんだろう。

「ノダちゃん、そっちから顔をのぞいてみて。わたしは反対からのぞくから。いくよ、せえの！」

わたしとノダちゃんがはさみうちで顔を見ようとしたとたん、ガイコツは両手で顔をおおってしゃがみこみました。

「ああもう、ほっといてくれよ！　おれはいま落ちこんでるんだ！」

「ガイコツがしゃべったのだ！」

ノダちゃんがころがるようにわたしのうしろにかくれます。

「なんだよ、そこまでおどろくことはないだろ。おれは七ふしぎのガイコツなんだ。しゃべるし、うごくし、かみつくぜ」

ガイコツがこっちをふりむいていばります。だけど、両手で顔をかくしたままなので、いまいちこわくありません。

まさか、七ふしぎのうわさがほんとうだったなんて。わたしはまだ信じられないきもちのまま、ガイコツに話しかけてみました。

「なにをそんなに落ちこんでるんですか？　それに、どうして顔をかくしてるの？」

「それがよぉ、五年二組のいたずら男子どもが、おれの顔にらくがきをしゃがったんだよ。とんでもなくまぬけならくがきをよ。

こんな顔じゃ、もうだれもこわがってくれねえよ」

「そんなにまぬけならくがきなのだ？」

ノダちゃんがたずねます。声はこわごわですが、顔はきょうみしんしんです。

「見せてやってもいいが、ぜったいにわらうなよ。わらったらかみつくからな」

ガイコツがそういって、顔のまえから手をどかしました。

その顔を見たわたしは、両手で口をおさえて、ひっしにわらうのをこらえました。ノダちゃんもわたしのランドセルに顔をおしつけてがまんしていますが、わらい声をかくしきれていません。

それはたしかにまぬけならくがきでした。ガイコツの両目には、のりみたいに太いまゆ毛がかいてあって、ほっぺたにはぐるぐるもよう、鼻の下にはちょびひげもはえています。

ガイコツがいきおいよくうずくまりました。

「わらうなっていったじゃないかよぉ！」

「ごめんなさい。あの、顔をあらったら消えるんじゃないですか、らくがき」

「せっけんでごしごしあらっても消えないいんだよ！　だからこんなにこまってるんだろ！」

「だったら、絵をたしちゃえばいいのだ」

ノダちゃんがあたりまえみたいにいいました。

それをきいたガイコツが、「なんだって？」と急に顔をあげるので、わたしはまたふきだしそうになってしまいます。

「らくがきが消えないなら、絵をつけたしてかっこよくすればいいのだ」

「なるほど、その手は思いつかなかった！　おまえ、天才だな！」

ガイコツにほめられて、ノダちゃんがてれてれします。それからノダちゃんは、ポケットから黒のマジックをとりだして、自信たっぷりにいいました。

「わがはいにまかせるのだ。わがはい、お絵かきはとくい中のとくいなのだ」

「おお、たのもしいぜ。まかせたぞ、天才！」

ノダちゃんひとりにまかせるのは心配なので、わたしもらくがきをてつだうことにしました。

ノダちゃんはさっそく、ガイコツのおでこにコウモリの絵をかきはじめます。わたしもなんとかかっこいい顔にしようと、まゆの形をキリッ

とさせたり、ひげをもっとごうかいにしたり、顔のあちこちにトゲトゲしたもようをつけたしたりしてみました。

ほっぺたのぐるぐるもようの上に、トマトの絵をかいてから、ノダちゃんがいいました。

「完成なのだ!」

「ほんとか、かっこよくなったか⁉」

「もちろん、すばらしいできばえなのだ」

ガイコツはまどのほうにとんでいくと、ガラスに顔をうつします。気にいってもらえなくて、かみつかれたりしないかな。わたしが不安になっていると、ガイコツが大声でさけびました。

「うおーーーっ! すごいぜ、やばいぜ、かっこよすぎじゃねえか! まゆもキリッとして男らしいし、コウモリもワルっぽくていいな。まる

で悪の帝王みたいだぜ！」

ガイコツはわたしたちをふりかえってごきげんにいいます。

「ありがとよ、おまえら。これでまた、思うぞんぶん子どもたちをこわがらせられるぜ」

「どういたしましてのだ。ところで、ガイコツさんは、わがはいのお父さまのお友だちではないのだ？　わがはい、このトマトジュースをおとどけにきたのだ」

「おれにはそんなしゃれたトマトジュースのおくりものをくれる友だちはいないなあ。おれ、トマトきらいだし。そういうのをもらってよろこびそうなのは、トイレの花子じゃねえか。あいつ、おしゃれなものがすきだからよ」

ガイコツはそういうと、まどガラスにむかってかっこいいポーズをとりはじめます。気にいってもらえたのはよかったけど、あのすごいらくがきを見たら、理科室にきたみんなは、びっくりしちゃうだろうなあ。らくがきの犯人がはんぶんわたしだって、ばれないといいんだけど。

すこしだけ心配になりながら、わたしとノダちゃんは自分の顔に見とれているガイコツをのこして、花子さんがいるトイレにむかいました。


花子さんのうわさがあるのは、三階の女子トイレです。そこにむかうとちゅうで、ノダちゃんがわたしにきいてきました。

「七ふしぎって、ガイコツさんと花子さんのほかには、どんなのがあるのだ？」

「えっとね、音楽室のしゃべる肖像画でしょ。家庭科室のとなりにある、あかずの教室でしょ。それからプールのカッパと鏡の精と……あれ、最後のひとつはなんだっけ」

思いだそうとしているうちにトイレにつきました。花子さんはこのトイレのいちばんおくの個室にいて、ドアをノックしてよびかけると、ぶきみな声で返事をしてくるといううわさです。

「花子さん、いませんか」

うわさのとおりによんでみましたが、花子さんの返事はありません。わたしはノダちゃんと顔を見あわせてから、もういちど声をかけてみました。

「花子さん、いませんか」

「トマトジュースのおとどけものにきたのだ」

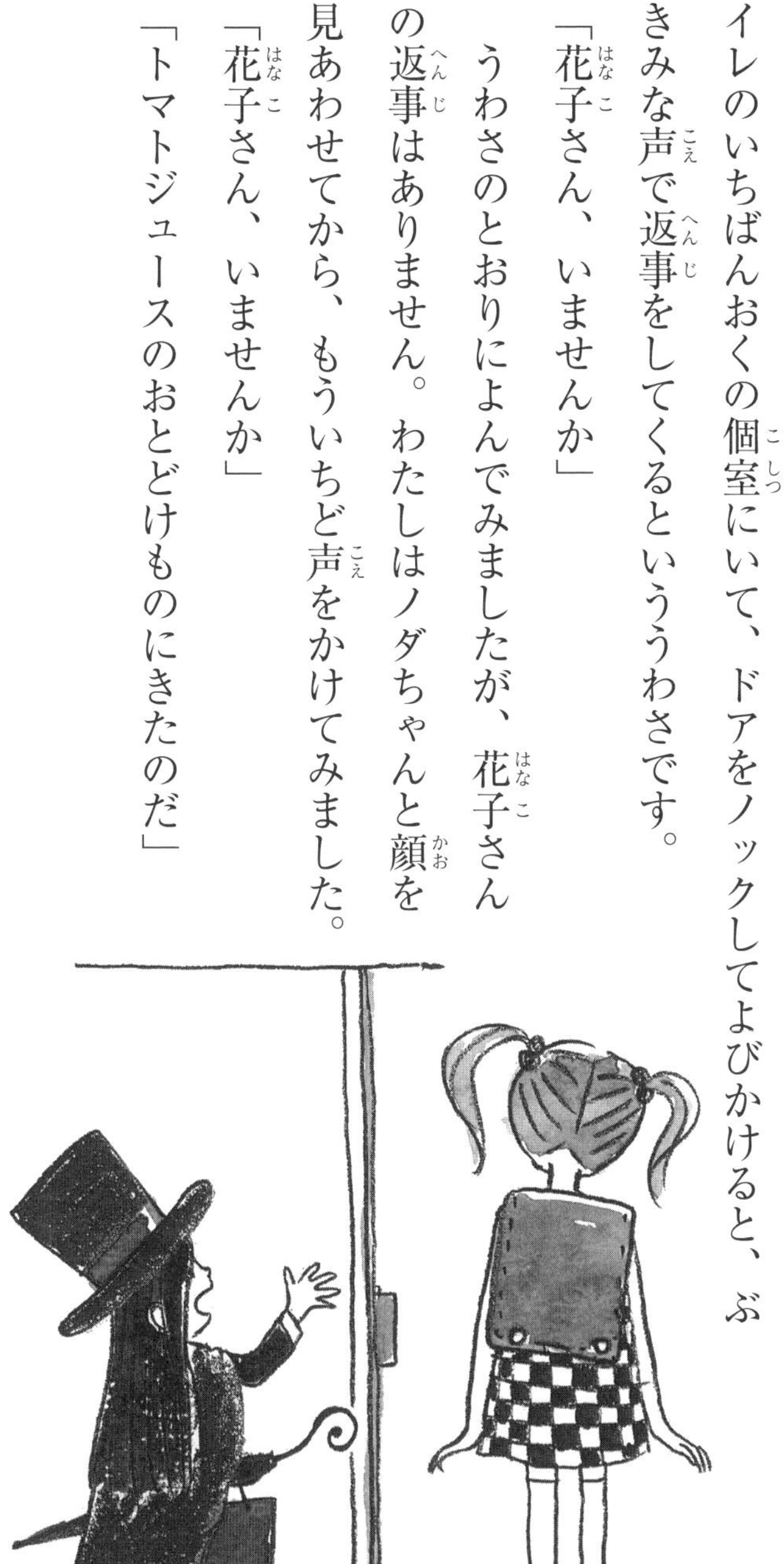

ノダちゃんもドンドンとドアをノックします。もしかしてるすなのかな、と思いながら、わたしはまたドアにむかってよびかけました。

「花子さ……」

「花子じゃなくて、カトリーナ！」

個室のなかから、いらいらした女の子の声がかえってきました。とつぜんきこえたその声に、わたしもノダちゃんもぎょっとしてしまいます。

「カトリーナ⁉」

「そうよ、花に鳥に名前の名で花鳥名。どう、おしゃれな名前でしょう？」

「えっ、トイレの花子さんじゃないの？」

「もともと花子だったけど、名前をかえたのよ。だって、花子なんて、あんまりおしゃれじゃないでしょ。なのにみんな、いつまでたっても花子花子って、ほんとしつれいしちゃうわ！」

なんだかすごくおこっています。だけど、花子さんが名前をかえたなんて話、きいたことがありません。だいたい、理科室のガイコツも花子ってよんでたし。

「それじゃあ、えっと、カトリーナさん、いませんか」

「もちろん、いるわ！」

うれしそうな声といっしょに、ドアがバタン、といきおいよくひらきました。

個室のなかにいたのは、ノダちゃんとおなじくらいの年に見える、小さな女の子でした。だけど黒ずくめのノダちゃんとは正反対に、ものすごくはでなかっこうをしています。

花子さんがきているのは、キラキラしたかざりと、ひらひらしたフリルがいっぱいの、おひめさまみたいなドレスでした。ドレスの色は金と

銀で、頭にもおんなじ色の大きなリボンをつけています。おまけにかみは明るいピンク色で、プードルみたいなふわふわしたかみがたをしていました。

ノダちゃんがわたしの服をひっぱってきいてきました。

「サキちゃん、この小さい子がトイレの花子さんなのだ?」

「カトリーナだっていってるでしょ！　それに、あんたのほうがあたしより小さいじゃない！」

花子さん、じゃなくてカトリーナさんは、キンキンした声でいいかえすと、つづけてわたしのほうをにらみました。

「なによ、ぽかんとしちゃって。もっとなにかいうことがあるんじゃないの。『わあっ、おしゃれ！』とか、『すてきすぎてめまいがしそう！』とか、『カトリーナさんはこの学校でいちばんのおしゃれさんだわ！』

とか」

「ご、ごめんなさい。その、わたしがきいたうわさだと、花子さんはおかっぱ頭で、白いシャツに赤いスカートの女の子だって話だったから、ずいぶんイメージとちがうなって思って……」

「やめてやめて、それはおしゃれをはじめるまえの話よ。そんな時代おくれなかっこう、もうはずかしくてしていられないわ。いまはこのファッションが最先端なの、最先端。わかる？」

わたしより年下っぽいのに、カトリ

ーナさんはとてもえらそうです。

それからカトリーナさんは、わたしたちをじろじろと見ていいました。

「それにしても、ワンピースのあんたはまだいいけど、そっちの黒いのはぜんぜんだめね。黒ばっかりでちっともおしゃれじゃないわ」

「大きなおせわなのだ。わがはいは黒がすきなのだ」

ノダちゃんはムッとしていいかえしますが、カトリーナさんはなっとくしません。

「いいえ、気になるわ。あんた、ついてきなさいよ。あたしがあんたをおしゃれにしてあげる」

「え、えんりょするのだ！　はなすのだ！」

「あっ、カトリーナさん、ちょっと！」

カトリーナさんはノダちゃんをトイレ

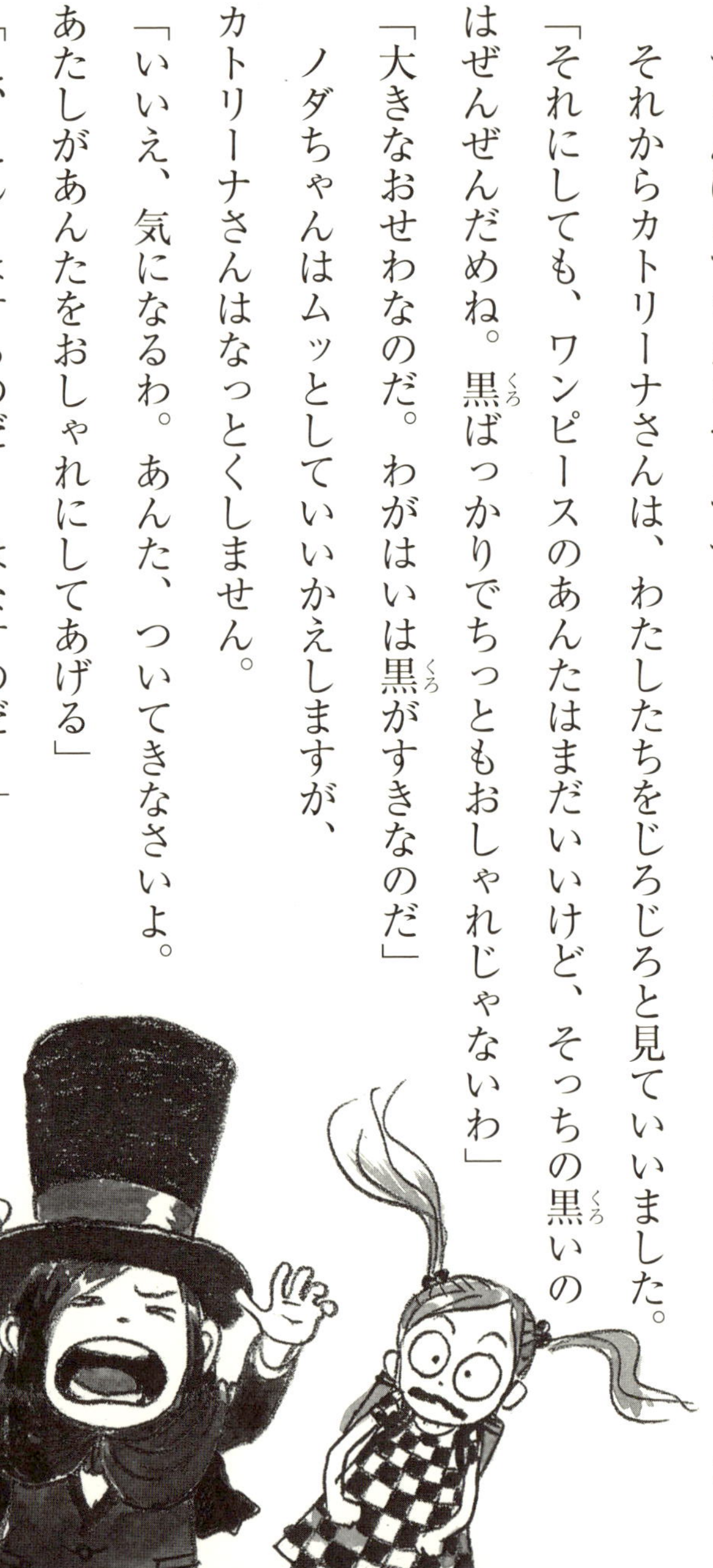

の個室にひっぱっていってドアをしめました。個室のなかから、ノダちゃんのわめき声とじたばたあばれる音がきこえてきます。

わたしがおろおろしていると、そのうちに音がやんで、カトリーナさんがドアをあけました。そのむこうにいたノダちゃんのすがたを見て、わたしは思わず声をあげてしまいます。

「わっ、ノダちゃん、なにそのかっこう！」

カトリーナさんにむりやりきがえさせられたのでしょう。ノダちゃんは色とりどりの鳥のはねがささった大きなぼうしをかぶって、服はキラキラ光るにじ色のドレス。マントもまぶしい金色で、ごうかな毛皮がついています。

「どう、だんぜんおしゃれになったでしょう？」

カトリーナさんがとくいげにきいてきます。

ものすごくごきげんななめなノダちゃんの顔を見ないようにしながら、わたしはごにょごにょこたえました。

「えっと、なんていうかその、しんせんだと思うよ。たまにはそういう服もいいんじゃない？」

「ぜんぜんよくないのだ！」

ノダちゃんは個室のなかにとじこもると、すぐにまたもとの黒ずくめにもどってしまいました。

だけど、うん。わたしもカトリーナさんがえらんだはではでな服より、いつものノダちゃんのほうがおしゃれな気がします。

「まったく、おしゃれってものがわかってないわね」

ふまんそうなカトリーナさんに、わたしはたずねてみました。

「ところで、カトリーナさんは、ノダちゃんのお父さんとお友だちじゃ

ありませんか？」

「わがはい、お父さまにたのまれて、トマトジュースをおとどけにきたのだ」

「わあっ、おしゃれなビンね。だけどあたし、トマトはきらいだから、そんなおくりものをくれるあいてに心あたりはないわ」

カトリーナさんはかたをすくめてこたえます。

それじゃあつぎはどこにいこうか、とノダちゃんと話していると、カトリーナさんがいいました。

「あっ、もし音楽室にいくなら、あたしと会ったことはないしょにしておいて。あたし、きょうはいないことになってるから」

「なんでいないことになってるのだ？」

「そうしないと、めんどくさいことになるのよ。いい、とにかくおねが

いね」

カトリーナさんがねんをおしてきます。

どういうことなのか気になったので、わたしたちはつづいて音楽室のしゃべる肖像画をたずねることにしました。


音楽室のまえにつくと、なかからぎこちないピアノの音がきこえてきました。授業の時間はとっくにおわっているのに、だれがひいているんだろう。

「ほらほら、またまちがえたよ。いつもいっているだろう、もっとせいかくにていねいに」

「無理だよ。ぼくの手じゃヒレがじゃまで、ピアノなんてじょうずにひけないってば」

はきはきしたおとなの声と、なきべそをかいた男の子の声です。ドアにすきまをあけて、こっそりなかをのぞくと、緑色の体をしたカッパが、ピアノのイスにすわっていました。背はわたしのはんぶんくらいで、うわさできいたとおり、せなかにはカメのこうら、頭には小さなお皿がのっています。

そのカッパくんと話していたのは、音楽室のかべにかけてある肖像画でした。肖像画にかかれた、くるくるした白いかみの男の人が、カッパくんにいいました。

「無理なんてことはないさ。なんといってもこの大音楽家モーツァルトが教えているんだからね。わたしのいうとおり練習すれば、ヒレがあっ

てもすばらしくじょうずにひけるようになるさ」

モーツァルトといったら、たしかものすごく有名な音楽家だったはずです。そのモーツァルトさんが、がくぶちから顔をだして、わたしたちのほうをむきました。

「おや、かわいらしいおじょうさんがふたりも。わたしの音楽室に、なにかご用かな」

大音楽家にとつぜん話しかけられて、わたしはきんちょうしてしまいました。

「あっ、はじめまして。わたし、三年二組の小島サキっていいます」

「わがはい、ロムニア・クルトゥシュカラーチ・パパナッシュ十七世ともうしあげるのだ」

わたしにつづいて、ノダちゃんが長い名前をなのります。あんまり長いので、わたしはなんどきいてもちゃんとおぼえられません。こんな長い名前の人、ほかにいないんじゃないかな、と思っていたら……。

「これはこれは、ごていねいにどうも。わたしはヨハンネス・クリュソストムス・ヴォルフガングス・テオフィールス・アマデウス・モーツァルト。だれもがしっている大音楽家さ」

「まけたのだ！」

名前の長さで勝負しなくても、と思いながら、わたしもそのとてつもなく長い名前にびっくりしてしまいました。そんなに長いと、自分で自分の名前をおぼえるのもたいへんそう。わたしはみじかい名前でよかった。

わたしは音楽室におじゃますると、

ピアノのまえのカッパくんにきいてみました。

「カッパくん、ピアノがじょうずになりたいの？」

「そうそう、カッパくんが、ピアノを教えてほしいというのでね。それで大音楽家のこのわたしが、じきじきにおけいこをしてあげているというわけさ」

「教えてっておねがいしたのは、ぼくじゃなくて花子ちゃんだよぅ」

カッパくんがよわよわしくうったえました。それからカッパくんは、

「あっ、花子ちゃんじゃなくてカトリーナちゃんだった」といいなおすと、わたしたちにむかってつづけます。

「カトリーナちゃんが、ピアノがじょうずにひけたらおしゃれでしょ、っていって、モーツァルト先生にたのんだんだ。しかも、ひとりじゃつまらないからって、ぼくも無理やりさそって。なのに花子ちゃん、すぐあきちゃって、最近はぼくがよびにいっても、ぜんぜん練習にこないんだ」

なるほど、だからカトリーナさんは、会ったことをないしょにして、っていってたんだ。それにしても、友だちを無理にさそっておいて、自分はあきたらやめちゃうなんて、カトリーナさん、すごくかって。

　ノダちゃんがふたりにたずねました。

「ふたりはわがはいのお父さまのお友だちではないのだ？　わがはい、このトマトジュースをおとどけにきたのだ」

「ぼく、トマトにがてだなあ。キュウリジュースだったらよかったのに」

「わたしもトマトジュースはちょっとね。ワインならよろこんでいただくのだが」

このふたりも、おとどけもののあいてではないようです。わたしたちがまたべつの七ふしぎのところにいこうとしていると、モーツァルトさんがひきとめてきました。

「まあまあ、そういそいで帰ることもないじゃないか。せっかくだから、なにか一曲ひいていきたまえよ。大音楽家のわたしが、きみたちのえんそうをきいてあげよう」

「えっ、そんな、いきなりいわれても……」

「えんりょすることはないさ。はずかしがらずに、さあ」

モーツァルトさんはかなり強引です。わたしはしかたなく、ランドセルからリコーダーをとりだしました。

しんこきゅうをひとつしてから、わたしはリコーダーをふきはじめました。曲はこのまえ授業でやった『エーデルワイス』です。

きんちょうで音がふるえてしまいそうになったけど、なんとか最後まできれいにふきおわると、ノダちゃんとカッパくんとモーツァルトさんが、ぱちぱちとはくしゅをしてくれました。

「サキちゃん、すばらしいのだ！　ブラボーなのだ！」

「ほんとにじょうずだったよ。ぼく、うっとりしちゃった」

「たしかに、なかなかのものだね。まあ、天才とよばれた子ども時代のわたしにはかなわないが」

みんなにほめられたわたしは、赤くなって頭をかきます。

「さて、つぎはそちらの黒いおじょうさんの番だ。きみはなにをきかせてくれるのかな」

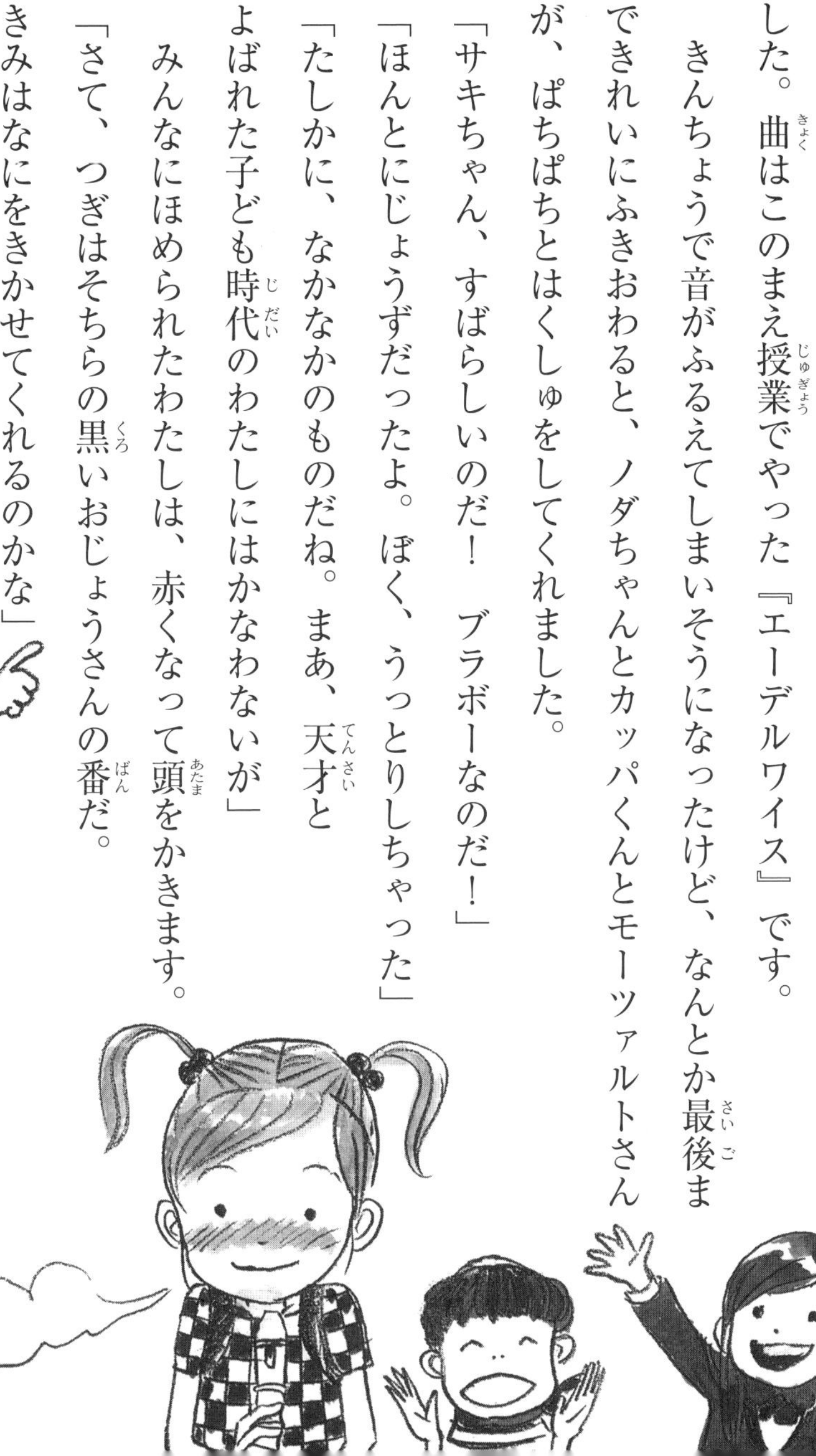

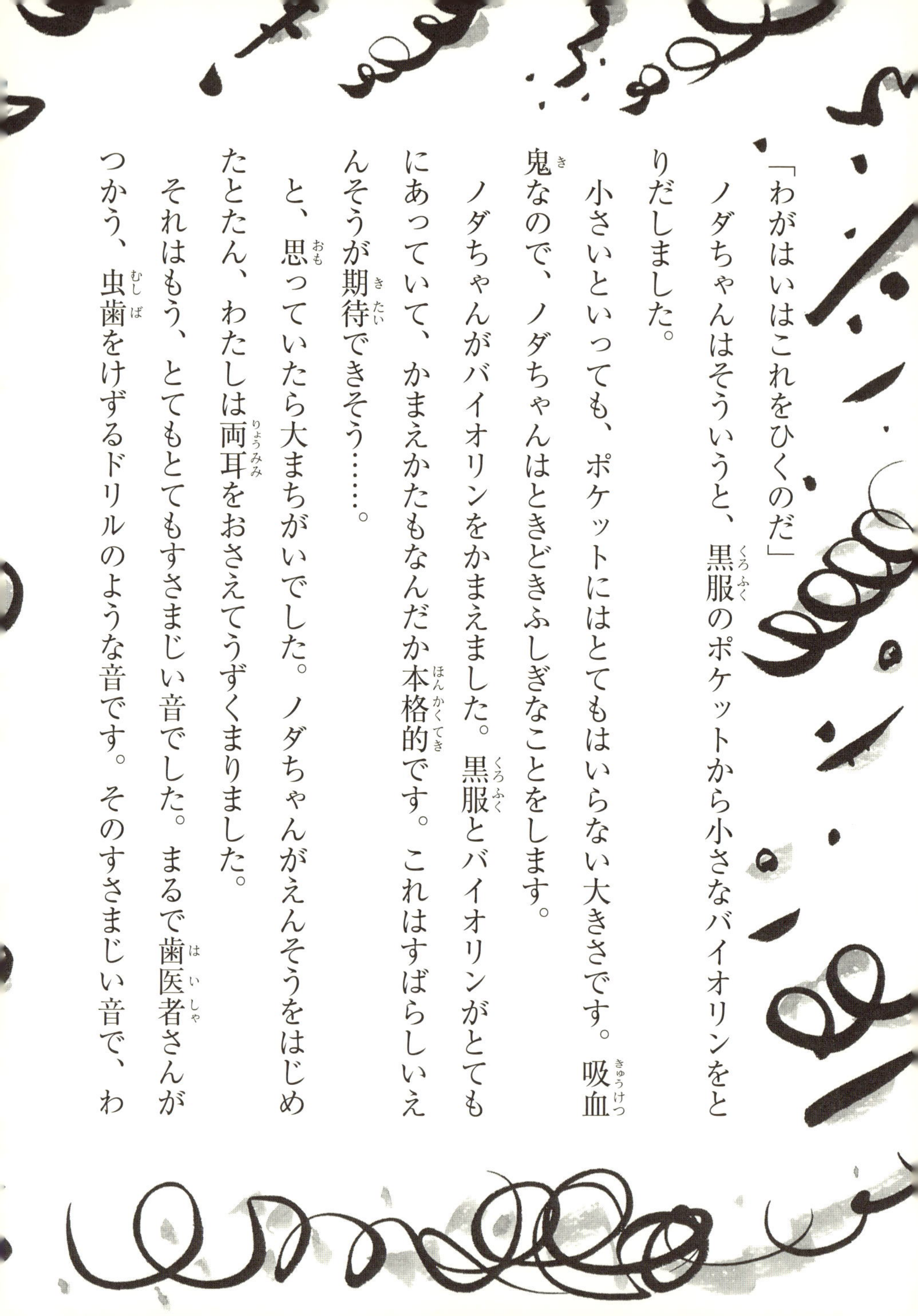

「わがはいはこれをひくのだ」

ノダちゃんはそういうと、黒服のポケットから小さなバイオリンをとりだしました。

小さいといっても、ポケットにはとてもはいらない大きさです。吸血鬼なので、ノダちゃんはときどきふしぎなことをします。

ノダちゃんがバイオリンをかまえました。黒服とバイオリンがとてもにあっていて、かまえかたもなんだか本格的です。これはすばらしいえんそうが期待できそう……。

と、思っていたら大まちがいでした。ノダちゃんがえんそうをはじめたとたん、わたしは両耳をおさえてうずくまりました。

それはもう、とてもとてもすさまじい音でした。まるで歯医者さんがつかう、虫歯をけずるドリルのような音です。そのすさまじい音で、わたしの体も音楽室も、ビリビリとふるえています。モーツァルトさんとカッパくんも、耳をおさえてくるしんでいます。

「バサバサコウモリ黒い夜ぅ、お空でぷかぷかお月さまぁ」

バイオリンにあわせて、ノダちゃんが歌をうたいだしました。

わたしはいそいでえんそうをとめようとしますが、ノダちゃんは気にせずつづけます。

「ひんやりベッドでいいきもち、トマトのゆめを見たいのだぁ」

「ノダちゃん、ストップ！　ストーーーーップ！」

ありったけの声でさけぶと、ノダちゃんがやっとバイオリンをとめました。

わたしは耳から手をはなして、ほっとむねをなでおろします。カッパくんも「たすかったぁ」となきそうな声でつぶやいていますし、モーツァ

ルトさんは絵のなかでぐったりしたままうごきません。

「モーツァルトさん、人がえんそうしているときにねちゃうなんてしつれいなのだ！」

ノダちゃんがぷりぷりおこります。だけど、あれはねてるんじゃなくて、気絶してるんじゃないかな……。

「やった！　モーツァルト先生がねちゃったなら、きょうの練習はおしまいだね。じゃあぼく、プールに帰るから、ふたりともバイバイ」

カッパくんがイスからとびおりて、音楽室をでていきます。そのあとで、わたしはかべのモーツァルトさんを見あげました。

モーツァルトさん、ぴくりともうごかないけど、だいじょうぶかな。わたしが心配していると、ノダちゃんがまたバイオリンをかまえてきいてきます。

「サキちゃん、わがはいのえんそうのつづきをききたくないのだ？」

「あ、あとで！　またあとでね！」

わたしはあわてててえんりょしました。


あかずの教室のうわさには、ほかのうわさとちがって、おとどけものをわたせそうなあいてはでてきません。そうなるとのこりの七ふしぎは、鏡の精と、どわすれしてしまったあとひとつのうわさだけです。

「このでっかい鏡に、鏡の精がいるのだ？」

校長室のそばにある鏡のまえで、ノダちゃんがわたしをふりかえっていいました。

うん、とうなずいてから、わたしはぎょっとしてしまいました。鏡のなかに、ノダちゃんのすがたがうつっていなかったのです。

「ノダちゃん、鏡にうつってないよ！」

「そんなにびっくりしなくてもいいのだ。わがはいのすがたは、なぜか鏡にはうつらないのだ。わがはいだけじゃなくて、お父さまとお母さまもそうなのだ」

ノダちゃんはあっけらかんとこたえます。

とってもふしぎだけど、吸血鬼だからでしょうか。

「それで、鏡の精のうわさって、どんなうわさなのだ？」

ノダちゃんにきかれたわたしは、気をとりなおしてせつめいしました。

「あのね、この鏡のなかには、いたずらずきな鏡の精がいて……」

「鏡をのぞいた人と、そっくりなすがたであらわれて、おどかしてくるっ

てうわさなの」

　せつめいのうしろはんぶんを、わたしそっくりの声がつづけました。

　びっくりして声のほうをむくと、わたしのすぐとなりに、わたしの顔がありました。顔も服もかみがたも、わたしとカンペキにそっくりな女の子が、いつのまにかとなりにいたのです。

「サキちゃんがふたりになったのだ！」

　ノダちゃんが声をあげます。わたしも目をまるくしてしまってから、鏡を見てはっとしました。ノダちゃんだけじゃなく、わたしのすがたも、鏡のなかからきえていたのです。そこでわたしは気がついて、わたしそっくりなにせものにいいました。

「あなたがうわさの鏡の精ね！」

「あなたがうわさの鏡の精ね！」

にせもののわたしも、こっちをむいておなじことをいいます。ちょっと、まぎらわしいことしないでよ。どっちが本物かわからなくて、ノダちゃんがこまってるじゃない。

「ノダちゃん、わたしが本物よ。こっちのほうが鏡の精」

「ちがうわ、わたしが本物よ。こっちにいるのが鏡の精」

わたしと鏡の精は、おたがいにおたがいを指さしてにらみあいます。

それからわたしたちは、同時にノダちゃんのほうをむいていいました。

『ノダちゃんは、どっちが本物のわたしかわかるよね!』

「えっ、えっと、ちょっとまってほしいのだ」

ノダちゃんはしんけんな顔つきで、わたしと鏡の精のすがたを見くらべます。その顔がどんどんこまっていって、とうとうノダちゃんは、コウモリガサにたすけをもとめました。

「コウモリたち、いっしょに本物のサキちゃんを見わけるのをてつだうのだ！」

ノダちゃんのコウモリガサの黒い布が、いっせいにたくさんの小さなコウモリにかわりました。ノダちゃんが、「本物だと思うほうにとまるのだ！」と命令すると、コウモリたちはぱたぱたとはばたいて、わたしと鏡の精の頭やかたにとまりはじめます。

一ぴき、二ひき、とノダちゃん

がコウモリをかぞえていいました。

「どっちのサキちゃんにもおんなじ数だけとまってるのだ！」

これではどっちが本物かわからないのだ、とノダちゃんは頭をかかえます。もう、なんでノダちゃんもコウモリたちも、本物のわたしがわからないのよ！

わたしがふくれていると、ノダちゃんが、「そうなのだ！」と声をあげました。

「サキちゃんはいつも、わがはいにとってもやさしくしてくれるのだ。だから本物のサキちゃんだったら、おとどけものがおわったあと、わがはいをおうちにおまねきしてくれて、それでトマト料理のフルコースをごちそうしてくれるにちがいないのだ」

それをきいたわたしと鏡の精は、顔を見あわせてからこたえました。

「だめだめ、いまからフルコースなんて食べたら、おなかいっぱいで夕飯がはいらなくなっちゃうでしょ」

「そうそう、だいたいノダちゃんは、お昼にトマトを食べすぎちゃってるんだから」

「ふたりともきびしいのだ……」

ノダちゃんがしょぼんとします。

とにかく、この調子では、いつまでたってもわたしが本物だとはっきりさせることができません。どうすればノダちゃんにわかってもらえるかな……。

頭をなやませていたわたしは、反対がわのかべにはってあるポスターが、鏡にうつっていることに気がつきました。そのポスターに書いてある文字を見て、わたしはパッとひらめきました。

「そうだ、これなら！」

わたしは鏡の精がせおっているランドセルをあけました。そしてなかの教科書をとりだして、表紙の文字をたしかめます。うん、やっぱり思ったとおり！

「見て、ノダちゃん！　こっちのわたしが鏡の精よ！」

わたしはノダちゃんに教科書を見せていいました。鏡にうつったものは、左右がみんなあべこべになります。だから、鏡の精のランドセルにはいっていた教科書も、文字があべこべになっていたのです。

「キャハハ！　残念、ばれちゃった！」

鏡の精が陽気にわらっていいました。すがたも声もわたしのままだけど、しゃべりかたはぜんぜんちがっています。

鏡の精が鏡のなかに帰ろうとするので、わたしはあわててたずねまし

た。

「ねえ、鏡の精は、トマトジュースはすき？」

「トマトはきらーい。じゃあね、バイバーイ！」

鏡の精はそうこたえると、鏡にすいこまれてきえてしまいました。

それと同時に、鏡のなかにわたしのすがたがもどってきます。まったく、ほんとうに人さわがせな鏡の精でした。

だけど、これでわたしたちがまだたずねていない七ふしぎは、あかずの教室をのぞくと、あとひとつだけです。

「サキちゃん、最後の七ふしぎは、どんなうわさなのだ？」

「まって、いま思いだすから。たしか、職員室か校長室になにか……」

「コウチョウ……」

ノダちゃんがつぶやいたそのとき、わたしたちのうしろで、やさしい声がきこえました。

「おや、授業がおわってもうだいぶたつのに、こんなところでどうしたのですか。はやく帰らないと、おうちの人が心配しますよ」

うしろをふりかえると、校長先生のにこにこした顔が見えました。

わたしたちの小学校の校長先生は、りっぱなひげをはやした、かっこいいおじいさん先生です。

「校長先生、こんにちは」

「はい、こんにちは。三年二組の小島サキさんと……となりにいるのは、パパナッシュ伯爵のおじょうさんじゃありませんか！」

校長先生がノダちゃんに気づいてびっくりします。

どうして校長先生がノダちゃんのことをしってるの？　そう思っていたら、ノダちゃんが校長先生を指さしていいました。

「あっ、お父さまのお友だちの先生なのだ！」

びっくりの連続で、わたしがノダちゃんと校長先生の顔をかわるがわる見つめていると、ノダちゃんがぽん、と手をうっていいました。

「そうなのだ！　わがはいは校長先生におとどけものをするように、お父さまにたのまれていたのだ。校長先生、これはお父さまからのおくりもののトマトジュースなのだ」

はいどうぞなのだ、とノダちゃんは紙ぶくろを校長先生に手わたしました。

「おお、これはわたしの大好物のトマトジュース。ありがとう、おつかいはたいへんではありませんでしたか？」

「サキちゃんがてつだってくれたから、ぜんぜんへっちゃらだったのだ！」

校長先生に頭をなでられて、ノダちゃんはすっかりごきげんです。

なんだ、おとどけもののあいては校長先生だったんだ。てっきり七ふしぎのだれかだと思いこんでいたけど、吸血鬼の友だちが人間でも、べつにおかしくはないよね。わたしだってノダちゃんと友だちだし。

そうなっとくしたあとで、わたしはちらっと鏡のほうを見て、えっ、と声をあげました。鏡のなかに、校長先生のすがたがうつっていなかったのです。鏡のまえには、わたしとノダちゃんと校長先生の三人がいるのに、鏡にうつっているのはわたしひとりだけ。

鏡の精がまたいたずらをしているわけではないようです。ということは、つまり……。

そのとき、校長先生がうで時計を見ていいました。

「おっと、いけない。となり町での会議におくれそうなのをわすれていました。しかしこの時間だと、もう車ではまにあいませんね」

しかたない、とつぶやくと、校長先生はなぜか近くのまどをあけました。なにをするつもりなんだろう。わたしがふしぎに思っていると、校長先生の体が、とつぜん黒いきりにつつまれました。そしてそのきりがすぅっ、とうすくなると、校長先生のすがたは、わたしよりもっと大きい、巨大なコウモリにかわっていました。

そのすがたを見たとたん、わたしは思いだしました。七ふしぎの最後のひとつ。それはたしか、校長室に巨大なコウモリの怪物があらわれるといううわさだったのです。

そのコウモリの怪物が、じつは校長先生だった、ってことなの⁉ しかも、コウモリにへんしんできて、ノダちゃんのお父さんとお友だちで、鏡にすがたがうつらないってことは、まさか校長先生も、ノダちゃんとおなじ吸血鬼⁉

コウモリにへんしんした校長先生が、ノダちゃんにいいました。

「お父さまによくお礼をいっておいてください。それからふたりとも、あまりおそくならないうちに帰るんですよ」

校長先生はまどからとびだして、バサバサとんでいってしまいました。

「バイバイなのだ！」と手をふるノダちゃんにつられて、わたしもぼんやり校長先生に手をふります。

ぽかんとしているわたしに、ノダちゃんがいいました。

「サキちゃん、きょうはおとどけものをてつだってもらってたすかったのだ。それにしても、学校がこんなにふしぎでいっぱいのところだなんて、わがはいしらなかったのだ」

「わたしもしらなかったなあ……」

しみじみとつぶやいたところで、ノダちゃんのおなかがなりました。

「あるきまわってたら、おなかぺこぺこになってしまったのだ」

ノダちゃんがてれくさそうにいいます。給食のトマトを食べつくしちゃったのに、もうおなかぺこぺこだなんて、ノダちゃんったらもう。

「しょうがないなあ。トマト料理のフルコースは無理だけど、帰りにわ

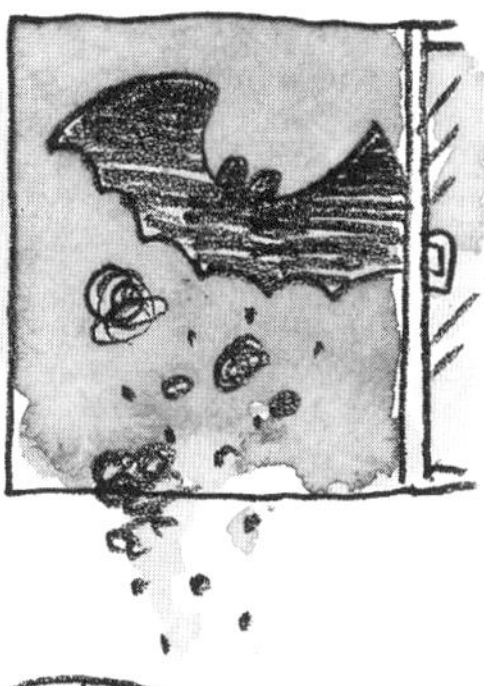

たしのうちによって、おやつでも食べてく？」

「ぜひそうさせていただくのだ！」

ノダちゃんがキラキラした目でわたしを見あげます。わたしは校長先生があけっぱなしにしていったまどをしめると、おつかいをおえてごきげんなノダちゃんといっしょにあるきだしました。

びっくり
七ふしぎ畑（ばたけ）

教室で飼っているハムスターのせわは、生きもの係のわたしの仕事です。

放課後、そのケージがすっかりよごれていたので、ねんいりにそうじをしていたら、だいぶ時間がおそくなってしまいました。教室にのこっているのは、もうわたしひとりだけです。

「これでおしまい、っと」

ハムスターをケージにもどして、わたしがふう、と息をついた、そのときでした。

そうじ用具のロッカーのなかで、ガタッ、と音がしました。わたしはびくっとそっちをふりむいて、それからまさか、と思いました。

まさか、またノダちゃんがなかでねてたりしないよね。わたしがそううたがいながら、ロッカーをあけてみると……。

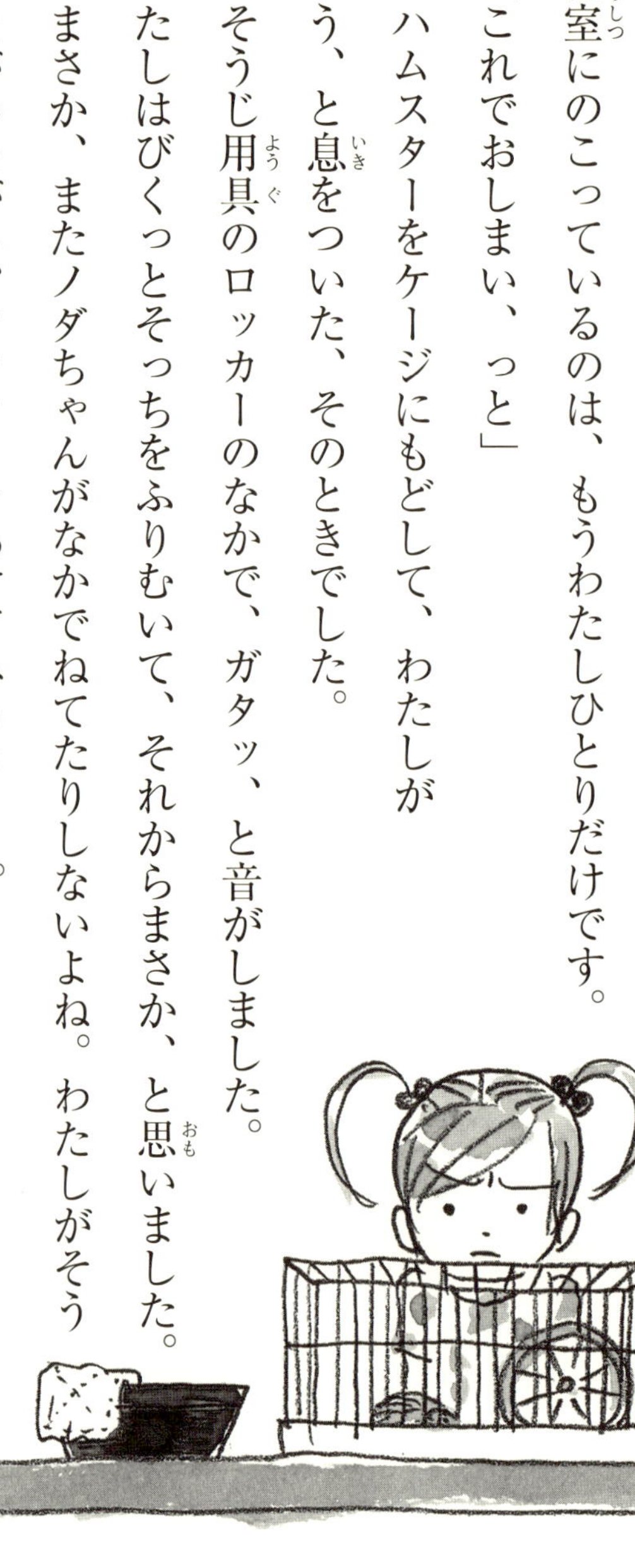

「ガオ――――ッ！」

「キャ――――ッ！」

なかにいたのは、ノダちゃんではなくガイコツの模型でした。理科室にいるはずの、らくがき顔のあのガイコツさんです。わたしがこしをぬかしそうになっていると、ノダちゃんの声がきこえました。

「サキちゃん、ひっかかったのだ！」

カーテンのうらにかくれていたノダちゃんが、うれしそうにこっちにやってきました。

「ノ、ノダちゃん、いつからそこにいたの！」

「サキちゃんがハムスターのおうちをあらいにいっているあいだに、こっそりかくれたのだ」

「おまえ、なかなかいい顔でおどろくなあ。おどかしがいがあるぜ」

ガイコツさんがケタケタとわらいます。いつもならいいかえしているところだけど、まだ心臓がばくばくいっていて、うまくしゃべることができません。

ノダちゃんがわたしにいいました。

「きょうはサキちゃんに学校をあんないしてもらおうと思ってきたのだ。だけどサキちゃんはまだお勉強をしてたから、理科室でお絵かきをしてまっていたのだ」

「お絵かき……？」

そこでわたしは、ガイコツさんのらくがきがふえていることに気がつきました。顔だけじゃなく体にも、コウモリやトマトや星やハートの絵がごてごてかいてあります。

「このむねのコウモリの絵とか、とくに気にいってるんだ。どうだ、イカしてるだろう」

ガイコツさんはとてもまんぞくそうです。わたしが返事にこまっていると、ノダちゃんがにこにこ顔でいいました。

「サキちゃん、お仕事がおわったなら、ぜひ学校をあんないしてほしいのだ。わがはい、この学校のことを、もっともっとしりたいのだ」

「それはべつにいいけど……」

そうこたえかけてから、わたしはふたりをにらみました。

「そのまえに、わたしになにかいうことがあるんじゃないの。ふたりのいたずらのせいで、わたし、心臓がとまりそうになっちゃったんだから」

ノダちゃんとガイコツさんがきょとんとします。だけどわたしがきびしい顔でまっていると、ふたりはおろおろ顔を見あわせてから、そろっ

てぺこりと頭をさげました。

「ごめんなさい」「ごめんなさいのだ」

「うん、よろしい。それじゃあノダちゃん、あんないしてあげるからついてきて」

「よろしくおねがいしますのだ！」

とてもいい声で返事をして、ノダちゃんがわたしのあとについてきました。


学校のあんないをしているあいだ、ノダちゃんはずっと大はしゃぎでした。ひ

ろい体育館にびっくりしたり、本がいっぱいの図書館にかんしんしたり、教室にはってある給食のこんだて表を、ねっしんにながめたりしていました。

ノダちゃんは学校がとてもめずらしいみたいです。そういえばノダちゃんって、まだ小学校にかよってないのかな。それとも、もしかして吸血鬼は学校にいかなくてもいいの？

そんなことを考えていると、まえをあるいていたノダちゃんが、こっちをふりかえっていいました。

「サキちゃんサキちゃん、この教室はなんの教室なのだ？」

ノダちゃんはすぐそばの教室のドアを指さします。ほかの教室とちがって、そのドアには教室の名前を書いたふだがありません。

「ああ、そこはね、あかずの教室なの」

「おかずの教室……なんだかおいしそうな教室なのだ」

それはおいしそうじゃないのだ、とノダちゃんは残念そうです。

「おかずじゃなくて、あかず。あかずっていうのは、あかないって意味」

「このまえはこなかったけど、このあかずの教室も、七ふしぎのひとつなの。この教室はいつもカギがかかっていて、なかになにがあるのか、先生たちもしらないんだって。しかもうわさはそれだけじゃなくて、ずっとまえにこの教室のなかにまよいこんだ子が、全身まっかにそまったすがたで見つかったこともあるそうよ」

「まっかにそまったというと、血みどろということなのだ？」

たぶん、とわたしがうなずくと、ノダちゃんがドアのまえからとびのきました。

「ほ、ほんとに、ぜったいあかないのだ？」

ノダちゃんがびくびくしながらきいてきます。

「うん。わたしもなかがどうなってるのか気になって、ここをとおるたびにあかないかためしてるんだけど、うわさのとおりいつもカギがしまってるのよね」

ほら、こんなふうに、といいながら、わたしはドアをひいてみました。

すると、どういうことでしょう。あかずの教室のドアが、あっさりあいてしまったのです。

「えっ、うそ、なんで！」

思わずひらきかけのドアをしめてから、わたしはうしろのノダちゃんをふりかえりました。ノダちゃんも目をまるくして、わたしの顔を見あげています。

それからわたしはおそるおそる、またドアをあけてみようとしました。うわさはちょっとこわいけど、あかずの教室になにがあるのか、やっぱりとても気になります。

「サキちゃん、あぶないのだ！　血みどろになってしまうのだ！」

ノダちゃんがわたしの服をひっぱってとめます。だけど、のぞくだけならきっとへいきだよね。

わたしは思いきってドアをあけてみました。すると、ドアのむこうにあったのは教室ではなく、地下へとつづく長い階段でした。

「なんなの、この階段……」

階段のおくはまっくらでなにも見えません。このさきには、いったいなにがあるんだろう。

わたしがドアのむこうをのぞきこんでいると、うしろでノダちゃんがさけびました。

「あっ、そっちにいってはダメなのだ！」

わたしの横を、小さなコウモリがぱたぱたとおりすぎました。ノダちゃんのコウモリガサのコウモ

リです。コウモリは階段のおくのほうへとんでいくと、くらやみにまぎれて見えなくなってしまいました。

「帰ってくるのだ！　そっちはとてもきけんなのだ！」

ノダちゃんがけんめいによびかけますが、コウモリはもどってきません。このままではノダちゃんのカサは、コウモリ形のあながあきっぱなしになってしまいます。

こまっているノダちゃんと、ぶきみな階段をじゅんばんにながめて、わたしはよし、とうなずきました。

「ノダちゃんはここでまってて。コウモリはわたしがつかまえてきてあげるから」

「そ、そういうわけにはいかないのだ。サキちゃんがいくなら、わがはいもいっしょについていくのだ」

「べつにひとりでだいじょうぶだよ。ノダちゃん、こわいのにがてでしょ？」

「そ、そ、そんなことはないのだ。それに、しもべのコウモリをつかまえるのは、わがはいのやくめなのだ」

ノダちゃんはむねをはっていいますが、声はぶるぶるふるえています。

けっきょく、ノダちゃんもいっしょについてくることになりました。

暗い暗い階段を、わたしたちはしんちょうにおりていきます。ノダちゃんが両手でつよくわたしの手をにぎってくるので、ちょっと手がいたいです。

階段はどこまでもずっとつづいているようです。もう何階ぶんおりているのでしょう。まわりはすっかりまっくらで、となりにいるノダちゃんの顔も見えません。わたしもだいぶこわくなってきました。

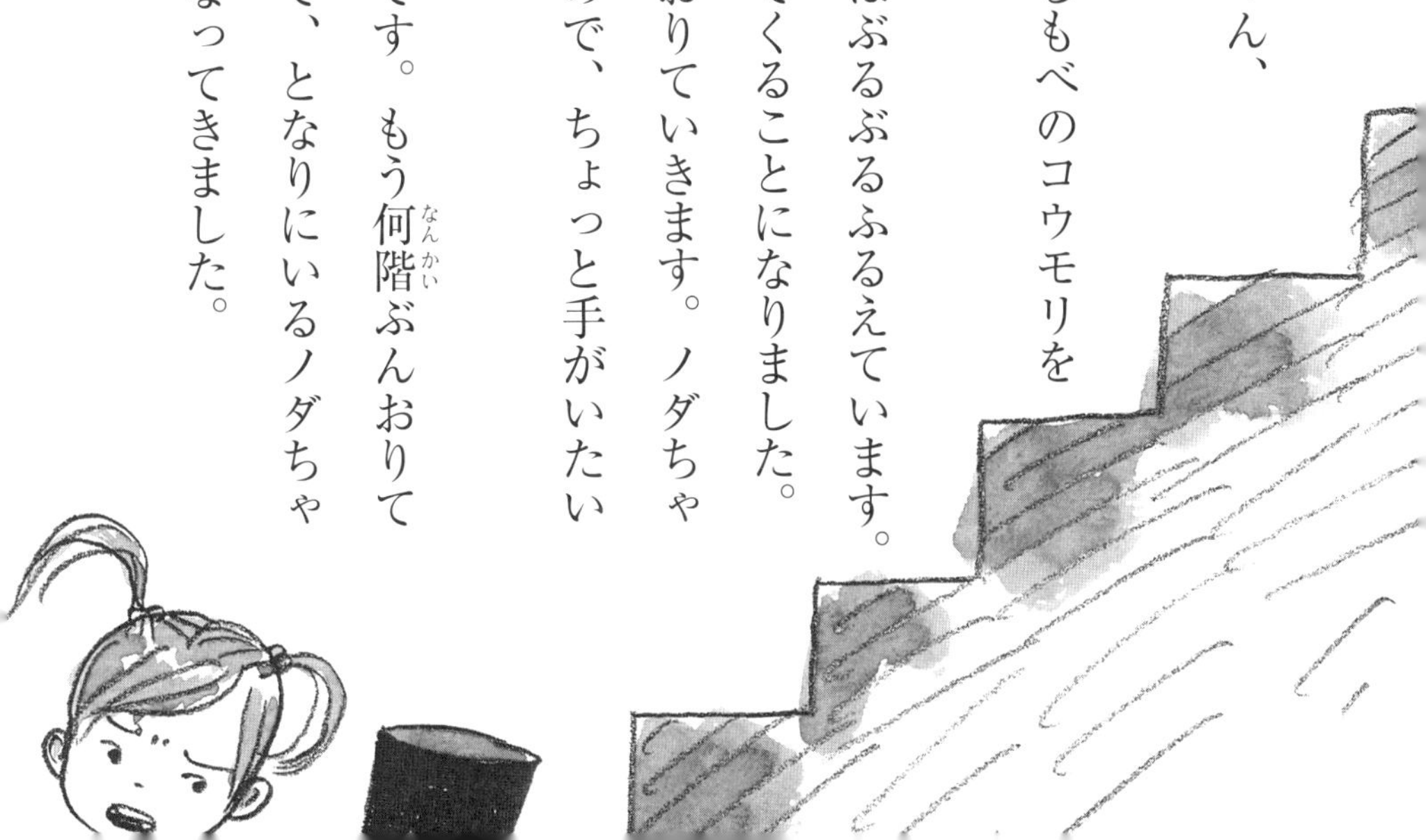

そのとき、下のほうに光のすじが見えてきました。階段をおりたさきに、またドアがあって、そのすきまから光がもれているようです。

そのドアのまえについたところで、わたしはノダちゃんにいいました。

「ノダちゃんのコウモリ、このすきまから、なかにはいっていっちゃったんじゃない?」

「そうかもしれないのだ……」

わたしはノダちゃんとうなずきあうと、ドアのすきまをこっそりのぞいてみます。そしてわたしたちは、同時にわあっ、とおどろきの声をあげました。

ドアのむこうには、見わたすかぎりのトマト畑がひろがっていました。体育館にもまけないいくらいのひろい畑。天井にはまぶしいライトがいっぱいつるされていて、地下なのにおひさまがのぼっているような明るさです。

「どうして学校の地下にトマト畑が……」

びっくりしたひょうしに、わたしはドアをあけてしまっていました。

わたしがぽかんとしていると、ノダちゃんが畑を指さしていいました。

「あそこにだれかいるのだ！」

ノダちゃんが指さしたさきに、畑をいじっている男の人がいました。

その男の人が、わたしたちに気づいて顔をあげます。

「校長先生なのだ！」

「おや、見つかってしまいましたね」

てれくさそうにひげをなでながら、校長先生がわたしたちのほうにやってきました。畑仕事をしていても、校長先生はいつものきっちりしたスーツすがたです。

わたしはあたふたといいました。

「あの、かってにはいってごめんなさい。ノダちゃんのあんないをしていたら、コウモリガサのコウモリが、こっちにとんできちゃって……」

「いやいや、べつにかまわないですよ。しかしそうか、廊下のドアをしめわすれていたんですね。いつもはしっかりカギをかけているのですが」

しまったしまった、と校長先生

は頭をかきます。

そのとき、ノダちゃんが「あっ、わがはいのコウモリ！」と声をあげました。それをきいて見あげると、おさわがせのコウモリが、わたしたちの頭の上でぱたぱたしています。もしかしてこのコウモリ、トマトのにおいにつられて畑にとんできたんじゃないかな。

「あなた、畑のトマトをつまみぐいしたりしてないでしょうね」

わたしはコウモリにといかけて

みました。するとコウモリは、くるっとわたしにせなかをむけます。つづけてノダちゃんも「食べちゃったのだ?」ときくと、コウモリはそそくさとコウモリガサにもどってしまいました。

まったくもう、とコウモリガサをにらんでから、わたしは校長先生にたずねました。

「校長先生、このトマト畑はなんなんですか?」

「ここはね、わたしのひみつのトマト畑なんです。わたしはトマトが大すきでしてね。仕事中にもぎたてのおいしいトマトが食べたくて、こっそりこの畑をつくったんですよ。ほかの先生にしられたら、おこられてしまいますから、ふたりともどうかないしょにしてくださいね」

校長先生は口のまえに指をたててウインクをしてみせます。だけど、いくらトマトずきだからって、学校の地下にこんな大きな畑をつくってしまうなんて、校長先生はだいたんすぎます。

「そうだ、せっかくですから、わたしの自信作のトマトを味見していきませんか」

「ぜひさせてもらうのだ！」

早おしクイズみたいなスピードで、ノダちゃんがこたえます。

ノダちゃんの返事をきいた校長先生が、トマトをとりにいきました。

どうしよう、わたし、トマトはにがてなんだけど。わたしはこまってしまいました。

「さあどうぞ、めしあがれ」

校長先生が、畑からもいだトマトを、わたしとノダちゃんにわたしてくれます。つやつやとした、きれいなまっかのトマトです。

「いただきますのだ！」

ノダちゃんはさっそくトマトにかぶりついて、「おいしいのだ！」とかんせいをあげます。わたしはまだまよっていましたが、校長先生がくれたトマトを食べないわけにはいきません。わたしはちょびっとだけトマトをかじってみて、それから目をまるくしました。

「ほんとにおいしい！」

校長先生のトマトは、とてもみずみずしくてあまずっぱくて、まるでくだもののようでした。こんなにおいしいトマト、いままで食べたことがありません。

ノダちゃんがぺろりとトマトをたいらげていいました。

「校長先生、おいしいのだ！　こんなにおいしいトマトがつくれるなら、校長先生じゃなくてトマト屋さんができるのだ！」

「それはうれしいですねえ。ですがわたしは、校長先生のお仕事がすき

ですからね」

校長先生はにこにこたえます。わたしもトマトを食べおえて、ごちそうさまでした、と校長先生にお礼をいいました。トマトをまるごとひとつ食べたのなんてはじめてです。

「あっ、なんだかへんなトマトがあるのだ！」

ノダちゃんがそういって畑のおくにかけていきました。わたしもそっちをふりむくと、きらびやかな金色のトマトがなっている畑がありました。トマトの実だけじゃなく、枝も葉っぱもぜんぶ金色です。

「それはわたしがつくりだした、新種のトマトなんですよ」

校長先生がノダちゃんにおいつきながらいいました。わたしは金ぴかのはでなトマトをまじまじとながめて、校長先生にたずねます。

「このトマト、なんでこんなに金ぴかなんですか？」

「いえね、このトマトなら、はでなものがすきなトイレのカトリーナさんに気にいってもらえるかと思ったのですよ。ところがこのトマトは失敗作でして、見ためだけじゃなく実のかたさまで本物の金のようになってしまいまして」

校長先生が金色トマトを指ではじくと、カキン、とかたそうな音がひびきました。こんなトマトを食べようとしたら、歯がおれてしまいそうです。

「じゃあ、こっちのトゲトゲしたトマトはなんなのだ？」

ノダちゃんがとなりの畑にあった、ハリネズミみたいなトマトを指さします。

「そのトマトは、理科室のガイコツくんにすすめようと思っているトマトですね。ガイコツくんが好みそうな、かっこいいトマトをめざしてみたのですが、どうでしょうね。かっこいいといってもらえるでしょうか」

「たぶん、ガイコツさんはコウモリの絵もあったほうがよろこぶのだ」

なるほど、と校長先生はメモをとります。

　さらにそのとなりの畑には、とてもほそ長いトマトがなっていました。トマトの色はしているけど、形はまるでキュウリです。

「そちらのはカッパくんのためにつくったキュウリトマトですね。形だけでな

く、味もキュウリそっくりにできたのですが、カッパくんにすすめてみたら、キュウリのほうがいいといわれてしまいました。形や味がキュウリでも、やはりトマトはにがてとのことで……」

校長先生は残念そうな顔をします。そういえば、カッパくんだけじゃなくて、ほかの七ふしぎのみんなも、全員トマトがにがてだといっていた気がします。もしかすると、それで校長先生は、大すきなトマトのよさをしってほしくて、七ふしぎのみんなが気にいりそうなトマトをつくろうとがんばっているのかもしれません。

校長先生の畑には、ほかにもかわったトマトがいろいろあります。きょろきょろ畑を見まわしていたわたしは、そのなかにとんでもないトマトを見つけて、目をうたがいました。

「なっ、なにあのでっかいトマト!」

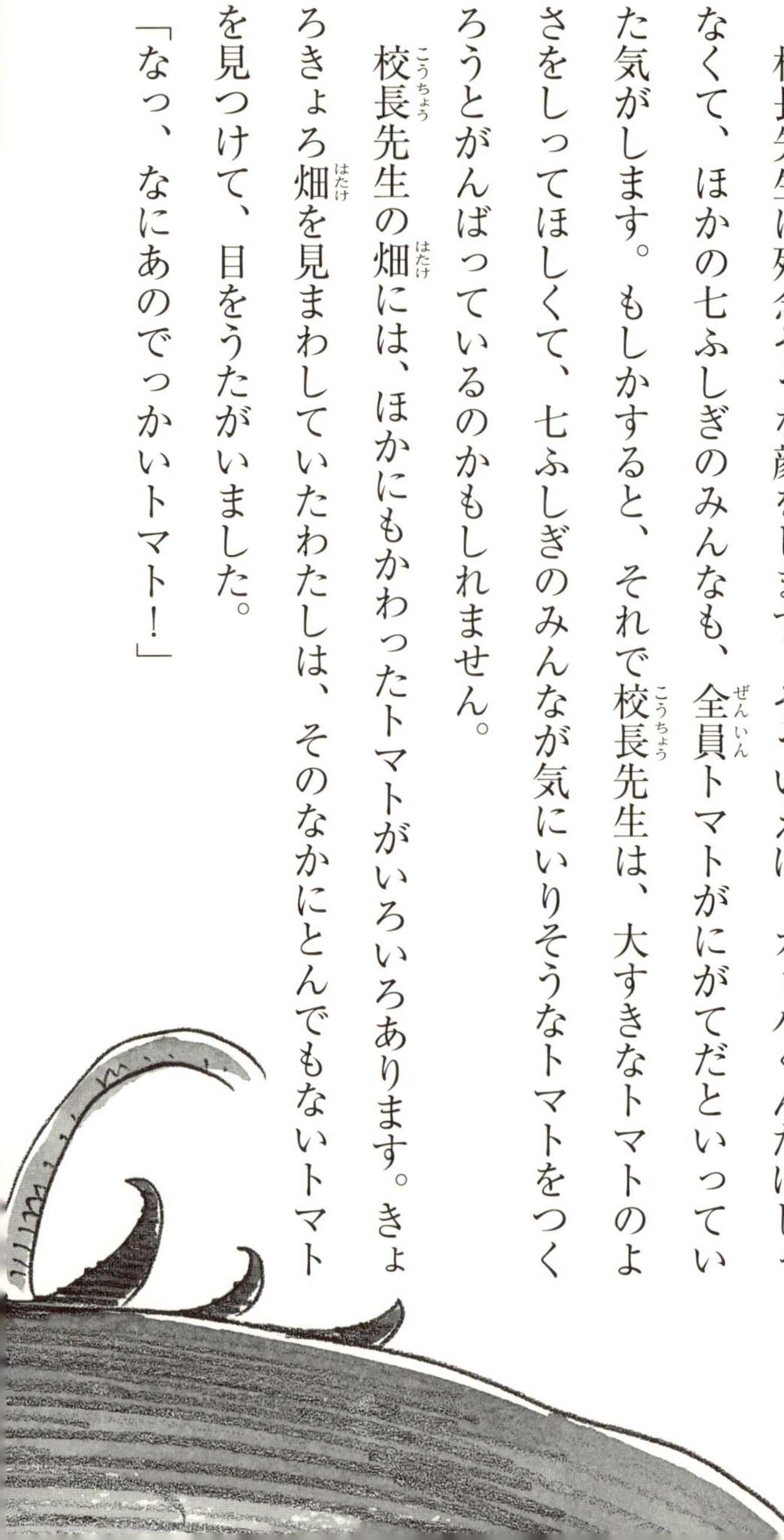

畑のすみに、信じられないくらい大きなトマトがあったのです。わたしが思いきり両手をひろげても、トマトのまわりを半しゅうもできないような巨大トマトです。地面のなかにはんぶんかくれているけど、たぶんノダちゃんの背より大きいんじゃないかな。

「ああ、あれは世界最大のトマトをめざしてつくったものなんですが、ちょっと大きくなりすぎてしまいましてねえ。あまりのおもさで地面にうまってしまって、わたしひとりの力ではひっこぬくこともできなくてこまっているのです」

「だったらわがはいたちもてつだうのだ！」

ノダちゃんの言葉に、わたしもうん、とうなずきます。おいしいトマトをごちそうしてもらったお礼です。

「それはありがたいですね。では、おねがいしましょうか」

巨大トマトの枝は、つなひきのつなのようなふとさでした。そのふとい枝を、校長先生とわたしとノダちゃんでしっかりつかみます。なんだかまるで大きなカブのお話みたいです。

「さあいきますよ。いっせえの、せっ！」

校長先生のかけ声で、わたしは思いきり枝をひっぱりました。ですが、どんなにがんばっても、巨大トマトはぜんぜんうごきません。三人がかりでもびくともしないなんて、いったいどんなおもさなんでしょう。

「コウモリたちもみんなてつだうのだ！」

ノダちゃんの大声に、コウモリガサのコウモリたちが、わたしたちのほうにとんできました。コウモリたちは巨大トマトの枝を足でつかむと、猛スピードでつばさをはばたかせます。

校長先生とわたしとノダちゃんとコウモリたちとで、いっしょうけん

めいひっぱっていると、巨大トマトがようやくほんのすこしだけうごきました。校長先生が、顔をまっかにしながらわたしたちにいいます。

「もうちょっとです、がんばって！　これがぬけたら、お礼にこの畑のトマトを、すきなだけさしあげますよ！」

「ほんとなのだ⁉」

そのとたん、ものすごい力で枝がひっぱられて、巨大トマトがいきおいよく地面からぬけました。トマトをすきなだけときいて、ノダちゃんとコウモリたちのパワーが急上昇したみたいです。

あんまりいきおいよくぬけすぎたせいで、巨大トマトは宙をとんで、ノダちゃんの上にどさっ、とおっこちました。「なななななっ！」とあわてた声をのこして、ノダちゃんの体は、巨大トマトのなかにうまってしまいます。

「ノ、ノダちゃん、だいじょうぶ!?」

わたしはびっくりしてよびかけました。すると巨大トマトの上のほうから、ノダちゃんがぴょこんと顔をだします。

ノダちゃんは口をもぐもぐさせながらいいました。

「うーん、ちょっとうす味でいまいちなのだ」

「なるほど、やはり大きければよいというものではありませんね」

校長先生がこしをさすりながらこたえます。

ノダちゃんの黒服は、巨大トマトのしるでべちゃべちゃで、白いシャツも赤くそまってしまっています。それを見たわたしは、はっと思いだしました。

わたしがきいた、あかずの教室のうわさ。あかずの教室にはいった子が、まっかにそまったすがたで見つかったって話だったけど……。

「まさか、まっかにそまったすがたって、血まみれじゃなくてトマトのしるまみれだったたってこと⁉」

「ああ、そうそう。そのうわさのことでしたら、まえにこの畑にまよいこんだ子どもが、トマト畑のなかでころんで、服をまっかによごして帰ったことがありましてね」

校長先生が教えてくれます。なあんだ、とわたしがひょうしぬけしていると、ノダちゃんのくるしそうな声がきこえました。

「食べすぎてしまったのだ……」

それをきいてふりむいたわたしは、おどろきのあまりかたまってしまいました。ほんのちょっとのあいだに、巨大トマトがほとんど食べつくされてしまっていたのです。

その巨大トマトの食べのこしの横で、ノダちゃんがでっぷりとふくらんだおなかをさすっています。ノダちゃんのまわりには、おなじようにまんまるのおなかをしたコウモリたちもたおれていました。

「これはまあ、なんともすばらしい食べっぷりですねえ」

校長先生もさすがにおどろいています。ほんとうに、わたしより小さなおなかの、どこにそんなにたくさんのトマトがはいるのでしょう。わたしには学校の七ふしぎよりも、ノダちゃんのおなかのつくりのほうが

ずっとふしぎです。
「うす味だったけど、これはこれでおいしかったのだ」
ノダちゃんがまんぞくそうにいうので、
わたしはおかしくてふきだしてしまいました。

巨大トマトはノダちゃんが食べちゃったから、お礼はえんりょするつもりでした。だけど校長先生は、ぬくのをてつだってくれたから、といって、ふくろにつめたたくさんのトマトを、わたしとノダちゃんにくれました。
ノダちゃんの服はトマトでよごれてしまったので、わたしの体育着を

かしてあげることにしました。いつもの黒服じゃないと、ノダちゃんはぜんぜん吸血鬼っぽくありません。

「うぅ、まだおなかがきついのだ」

帰り道、ノダちゃんがおなかをおさえていいました。コウモリたちもまだおなかまんまるのままみたいで、コウモリガサの黒い布は、いつもよりだいぶふくらんでいます。そんなにいっぱい食べたのに、お礼のトマトはわたしの倍くらいもらってきちゃうんだから、ノダちゃんもコウモリもほんとうにくいしんぼうです。

商店街をとおっているとき、ノダちゃんがふいにいいました。

「サキちゃん、あのかわったかざりはなんなのだ?」

ノダちゃんが指さしたのは、お店のまえにぶらさがっていたちょうちんでした。ノダちゃん、ちょうちんを見たことないんだ。

果店
古本
牛乳
ヨーグ

「あれは夏まつりのちょうちん。来週の土曜日と日曜日に、大きなおまつりがあるの。ノダちゃん、もしよかったら、わたしといっしょに夏まつりにいく？」

「いきたいのだいきたいのだ！　わがはい、ハロウィンじゃないおまつりにいくのははじめてなのだ！」

ノダちゃんが大よろこびします。

コウモリたちが食べすぎでとべないので、ノダちゃんはきょうはあいて帰るそうです。ノダちゃんとわかれたあとで、わたしは校長先生にもらったトマトのふくろのなかをのぞきました。

このおいしいトマトで、お母さんになにをつくってもらおうかな。わたしはそう考えて、うきうきした気分で家に帰りました。

ひみつの
七ふしぎまつり

夏まつりがはじまった土曜日、わたしはベッドでねこんでいました。まえの日の夜から、カゼをひいてしまったのです。そのせいで、せっかくノダちゃんがさそいにきてくれたのに、わたしはいっしょに夏まつりにでかけることができませんでした。

ベッドでずっとおとなしくしていても、カゼはなかなかおりませんでした。熱はさがらないし、せきもごほごほでます。

そのまま日曜日もはんぶんおわってしまって、今年はもう夏まつりにいけないのかな、とかなしくなっていると、ノダちゃんがまたわたしの部屋にきてくれました。

「きょうはサキちゃんにおみまいをもってきたのだ！」

ノダちゃんはそういうと、でっかい黒のバッグから、トマトジュースのビンをとりだしました。

「トマトはとっても体にいいのだ。これを飲めばサキちゃんもすぐ元気になるのだ。それからこっちは、病気をなおしてくれるっていう、おまじないの人形なのだ」

トマトジュースのとなりに、ノダちゃんがぶきみな黒い人形をならべます。おまじないというより、のろいの人形っぽいけど、ノダちゃんまちがえてないよね？

ノダちゃんはさらに、バッグから大きなトマトとコウモリのぬいぐる

みをだして、わたしのまくらもとにおきました。

「病気のときは、心ぼそくてさびしくなるのだ。だから、サキちゃんがさびしくないように、わがはいのお気にいりのぬいぐるみをかしてあげるのだ。あとサキちゃん、そんな大きなベッドで、ちゃんとぐっすりねむれるのだ？　ねむれないなら、わがはいがお父さまにおねがいして、せまくて暗いとくせいのベッドをもってきてもらうのだ」

「そ、そのベッドはいらないかな。でも、いろいろありがとう、ノダちゃん」

ノダちゃんにお礼をいったあとで、わたしはついため息をついてしまいました。

「サキちゃん、とても残念そうなのだ」

「うん、わたし、おまつり大すきだから。去年の

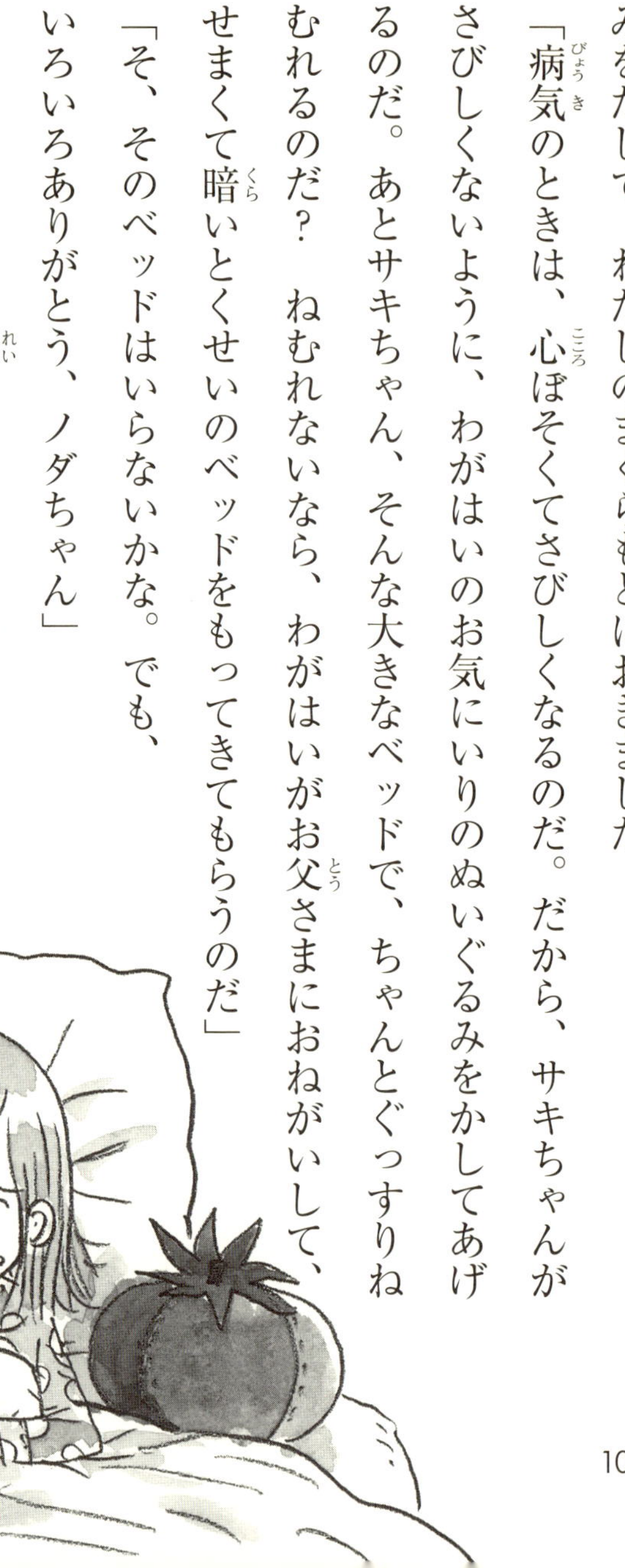

夏まつりがおわってから、ずっとたのしみにしてたの。屋台でまとあてをしたり、かき氷やリンゴあめを食べたり、きょうはおみこしもかつぐはずだったのよ。なのにどうしてカゼなんかひいちゃったんだろう」

ふだんカゼをひくことなんてめったにないのに、ほんとうについていません。わたしが落ちこんでいると、ノダちゃんが急に「そうなのだ！」と声をあげました。

「ノダちゃん、どうかした？」

「なんでもないのだ。ちょっといいことを思いついただけなのだ」

「えっ、いいことって？」

わたしがたずねると、ノダちゃんはあわてて両手で口をふさいで、首を横にふります。

それからすぐに、ノダちゃんは「急用を思いだしたのだ」といって、

家に帰ってしまいました。ノダちゃんが部屋をでていったあとで、わたしはまどの外からきこえてくる、夏まつりの音楽に耳をすませました。夏まつりはもうすぐおしまい。そうしたら、つぎの夏まつりは来年です。来年なんて、さきのことすぎて気が遠くなってしまいます。

「夏まつり、いきたかったな……」

わたしはそうつぶやくと、ノダちゃんがかしてくれたトマトのぬいぐるみをだきしめて、また大きなため息をつきました。

月曜日の朝になると、わたしのカゼはうそみたいによくなっていました。ノダちゃんがくれたトマトジュースのこうかがあったのかもしれません。おかげで学校はおやすみしないですんだけど、わたしはちっともうれしくありませんでした。

「元気だしなよサキちゃん。あとでわたしがとった夏まつりの写真を見せてあげるから」

つぎの授業のために、図工室にむかうとちゅう、もこちゃんがわたしをなぐさめてくれました。だけど、写真なんて見たら、ますますいきたかったって気分になっちゃいそうです。

しょんぼりしたまま廊下の角をまがると、紅白のまくを両手でかかえた子が、ふらふらとこっちにあるいてくるのが見えました。入学式や卒業式でつかう、あの紅白まくです。

ぐちゃぐちゃにまるめたまくにかくれて、顔は見えないけど、黒ずくめの服でノダちゃんだとわかります。ノダちゃんは最近、毎日のように学校にあそびにきているのです。

「ノダちゃん、なんでそんなものはこんでるの？」

わたしの声に、ノダちゃんがドキッとしたように紅白まくの横から顔を見せました。そしてすぐに、大あわてでまくをせなかにかくします。

「こ、これは、サキちゃんにはないしょなのだ！」

ないしょといわれると、よけい気になります。けれどそこで、とげとげしい声がわりこんできました。

「ちょっと、なにぐずぐずしてるのよ」

「わっ、なにあのはでな子！」

もこちゃんがびっくりした声をだします。わたしが顔をあげると、キラキラした金と銀のドレスをきたカトリーナさんが、わたしたちのほうにやってくるところでした。カトリーナさんは、運動会のときにかざる、

国旗のたくさんついた長いロープをもっています。

「カトリーナさんまで、ノダちゃんといっしょになにしてるの？」

「ああ、じつはノダ子がどうしてもってたのむから……」

「だめなのだ、ぜったいないしょなのだ！　あとわがはいはノダ子じゃなくて、ロムニア・クルトゥシュカラーチ・パパナッシュ十七世なのだ！」

「うるさいわね。あたしより名前

がおしゃれだなんてなまいきなのよ。とにかく、さっさとすすむ。まだまだはこぶものはいっぱいあるんだから」

カトリーナさんはせかせかと階段をのぼっていきました。ノダちゃんも紅白まくをずるずるひきずりながらあとにつづきます。

「あんなはでな子、この学校にいたっけ。あの子もサキちゃんの友だちなの？」


もこちゃんがふしぎそうにきいてきたところで、授業のチャイムがなりました。

「わっ、いけない、はやくしないと授業におくれちゃう」

もこちゃんがかけだしたので、わたしもあたふたと図工室にいそぎました。

その夜のことです。わたしがベッドでうとうとしていると、ふいにノック の音がきこえました。

ぼんやりとおきあがってから、わたしはぎょっとしてしまいました。ノックは部屋のドアからではなく、まどのほうからきこえていたのです。

わたしはおそるおそるベッドをでると、カーテンのすきまから、まどの外をのぞいてみました。するとまどのむこうで、ノダちゃんがわたしに手をふっていました。

「ノダちゃん、どうしたのこんな夜中に！」

わたしはまどをあけてといかけました。ノダちゃんは屋根の上に立って、いつものコウモリガサをさしています。

「こんばんはなのだ。今夜はサキちゃんをおまねきしたい場所があってきたのだ」

「おまねきしたい場所？」

　そうききかえすと、ノダちゃんは笑顔でうなずいて、コウモリガサをさしだしてきます。わたしがうっかりそのカサをつかんでしまうと、とたんにカサの布がコウモリたちにかわって、空にむかってはばたきはじめました。

「えっ、ちょっとまって……」

　あわてていいかけたところで、からだがふわりとゆかからういて、わたしはキャッ、とひめいをあげました。けれどコウモリたちは気にせずに、わたしとノダちゃんをぶらさげて、夜の空へとまいあがります。

　コウモリガサで空をとぶのなんて、もちろんはじめてです。わたしがぎゅっとカサをにぎってびくびくしていると、ノダちゃんがのんきにいいました。

「そんなにこわがらなくても、コウモリたちは力もちだから、サキちゃんをおっことしたりはしないのだ」
「そういわれても、こわいものはこわいってば！　それよりノダちゃん、わたしの部屋にもどって。こんな時間にだまってでかけたことがばれたら、お母さんにしかられちゃうよ」
「心配はいらないのだ。校長先生にも、ちゃんとおゆるしをもらってあるのだ」

「校長先生⁉　ノダちゃん、わたしをどこにつれてく気なの⁉」

それはいってみてのおたのしみなのだ、とノダちゃんはたのしそうにこたえます。

わたしたちをぶらさげたコウモリガサは、商店街の屋根の上をふわふわとんでいきます。お店はもうみんなしまっていて、道をあるいている人もぜんぜんいません。ドキドキしながら夜の町を見おろしていると、花屋さんの屋根にいたしましまのネコが、わたしたちに気がついて目をまるくしていました。

商店街をすぎると、わたしのかよっている小学校が見えてきます。そのげんかんのまえで、校長先生がわたしたちをまっていました。

校長先生のまえにわたしたちをおろすと、コウモリたちはまたカサの布にもどりました。アスファルトがひんやりして、わたしはくつをはいていないことを思いだしました。いきなりつれてこられてしまったので、服もパジャマで、かみもしばっていません。

わたしはわけがわからないまま、校長先生にあいさつをしました。

「こ、こんばんは、校長先生」

「はい、こんばんは。ほんとうは、夜中にこっそり家をぬけだすのはいけないことですが、今夜だけはとくべつです。さあどうぞ、学校のなかへ」

校長先生はそういってげんかんのドアをあけます。それからノダちゃんにせなかをおされて、わたしはまっくらな学校のなかにはいりました。

ノダちゃんはわたしの手をひいて、どんどん階段をのぼっていきます。一階から二階、二階から三階、そして三階から屋上へ。屋上にでることはできないはずなのに。
わたしがふしぎに思っていると、ノダちゃんが屋上のドアのまえでいいました。

「サキちゃん、このドアをあけるのだ」

うしろをふりむくと、校長先生もにっこりうなずいてみせます。わたしはまだおろおろしながら、おもたいドアをあけてみました。

はじめて見るうす暗い屋上には、大きなかげがいくつもありました。そのかげがなんなのかたしかめようと目をこらしていると、とつぜんぱっと目のまえが明るくなりました。

屋上につるされていた、たくさんのちょうちんに、いっせいにあかりがついたのです。そしてそれといっしょに、にぎやかな音楽がなりはじめました。わたしがカゼでねているあいだ、まどの外でずっとながれていた音楽。心がうきうきするような、夏まつりのまつりばやしでした。

「わあっ……！」

そう声をあげたきり、わたしはおどろきで言葉がでなくなってしまいました。ちょうちんにてらされた屋上に、おまつりの屋台がいくつもならんでいたのです。

屋台はよく見ると運動会のときのテントで、まわりにノダちゃんがはこんでいた紅白まくがたらしてありました。屋根にはでっかく「かき氷」とか「まとあて」と書かれたかんばんがかけてあって、ほかにも紙でつくった花や、金と銀のモールなどで、はでにかざりつけられています。

ちょうちんをつるしているのは、国旗のついたロープでした。ロープにはちょうちんだけじゃなく、ハロウィンのカボチャランタンもぶらさがっています。もしかすると、ちょうちんだけでは数がたりなかったのかもしれません。

屋台のなかでは、ガイコツさんやカッパくんがわたしたちに手をふっていました。そっちに手をふりかえしてから、わたしはノダちゃんのほうをむきました。するとノダちゃんは、わたしの顔を見あげてにっこりします。

「夏まつりにいけなくて、サキちゃんがとっても残念そうだったから、七ふしぎのみんなにおねがいして、サキちゃんのためにおまつりをすることにしたのだ」

「わたしのために、こんなすごいおまつりを……」

ノダちゃんのきもちがうれしすぎて、わたしがどうお礼をいったらいいかわからないでいると、となりでカトリーナさんの声がしました。

「かざりつけはわたしとノダ子でやったのよ。どう、すごくおしゃれで

しょう?」

　わたしはこくこくとうなずきました。カトリーナさんは目がチカチカしそうな金色のゆかたすがたで、せなかのおびは大きなアゲハチョウの形をしていました。

「わたしのこともわすれてもらってはこまるよ、おじょうさん」

　その声にうしろをふりかえると、屋上のかべぎわに机がおいてあって、その上にモーツァルトさんの肖像画が立てかけてありました。モーツァルトさんのまわりには、リコーダーやたいこのばちがふわふわうかんでいて、モーツァルトさんの指揮棒のうごきにあわせて、まつりばやしをかなでています。

「きみはじつにしあわせものだ。なんといっても、この大音楽家モーツァルトの

えんそうを生できけるのだからね。楽器の数がたりなくて、オーケストラをきかせられないのが残念だが、たのしんでいってくれたまえ」

「お客さん、いらっしゃい。かき氷はいかがですか」

またべつのほうから声をかけられて、わたしはそっちをむきました。するとかき氷の屋台で、校長先生がしゃりしゃりと氷をけずっています。

「食べたいのだ食べたいのだ！」

ノダちゃんが屋台にとんでいきました。わたしもカトリーナさんといっしょに、ノダちゃんのあとをおいます。

「さて、シロップはどれにしましょうか」

校長先生がきいてきます。わたしはえっと、と屋台にならんだシロップをながめて、それからびっくりしてしまいました。シロップがどれもみんな赤だったのです。シロップの名前は、右から順にトマト味、ピー

チトマト味、グレープトマト味、マンゴートマト味、レモントマト味と書いてあります。

「わたしの畑のとくせいトマトでつくったシロップなんですよ。色はトマトのままですが、味はちゃんとそれぞれのくだものになっていますよ」

「わがはいはもちろんトマト味にするのだ！」

「わたしはこのレモントマト味にしようかな。カトリーナさんは？」

「じゃあ、あたしはマンゴートマト味で。けどこれ、ほんとにトマトの味はしないでしょうね」

校長先生が、赤いシロップをかけたかき氷をわたしてくれます。ためしに食べてみると、たしかにすっぱいレモンの味がしました。おいしいかき氷だけど、味と色がちがうから、なんだかふしぎな気分です。

となりでマンゴートマト味を食べていたカトリーナさんも、もやもやした顔でつぶやきました。

「これって、色もマンゴーにできなかったのかしら」

わたしもそう思うけど、それはもうふつうのマンゴーだよね。

「うぬぬ、頭がキンキンするのだ……」

ノダちゃんが頭をおさえていいました。まだ食べはじめたばかりのはずなのに、ノダちゃんのかき氷はもうほとんどからっぽです。そんなにいそいで食べたら、頭がいたくなるのはあたりまえだってば。

「ねえねえ、ぼくのも食べていってよ」

そう話しかけてきたのは、むかいの屋台のカッパくんです。屋台のかんばんは、リンゴあめじゃなくてキュウリあめ。カッパくんのまえには、わりばしにさしたまるごとのキュウリがならんでいます。リンゴあめと

おなじように、あまいみつがかけてあるみたいだけど、どんな味なのか想像もできません。

「サキちゃん、おさきにどうぞなのだ！」

「そうそう、あたしはあんたが毒見をしたあとでもらうわ」

「ちょ、ちょっとふたりとも！」

味見役にされてあせっているわたしに、カッパくんが笑顔でキュウリあめをさしだしてきます。それをうけとりながら、わたしはカッパくんにきいてみました。

「あの、これ、おいしいの？」

「もちろんさ！　リンゴよりキュウリのほうがおいしいんだから、キュウリあめがリンゴあめよりおいしいのはあたりまえだよ！」

カッパくんは自信たっぷりにこたえます。にこにこ顔で見つめられて、

わたしはしかたなく、キュウリあめをかじってみました。

「……あれ、いがいとおいしい。なんだかメロンみたいな味」

「ほんとなのだ？」

わたしの感想をきいたノダちゃんとカトリーナさんも、キュウリあめをもらってほおばります。

「ほんとだ、なかなかおしゃれな味ね」

「カッパさん、おかわりなのだ！」

ノダちゃんはあっというまにキュ

ウリあめを食べおえてしまいます。

わたしもおかわりもらおうかな。そう思いながら、キュウリあめをぽりぽり食べていたわたしは、となりの屋台を見て、のどをつまらせそうになりました。

となりのまとあての屋台に、ガイコツさんがなぜかふたりいたのです。けれどわたしはすぐに、屋台のなかに立ててある、大きな鏡に気がつきました。

「なんだ、かたほうは鏡の精がばけてるのね」

「おうよ。こっちが本物のおれで、そっちにいるのが鏡の精ってわけだ」

「おうよ。こっちが本物のおれで、そっちにいるのが鏡の精ってわけだ」

ふたりのガイコツさんが、同時にもうひとりのほうを指さします。あいかわらずまぎらわしいことをする鏡の精です。

わたしは屋台のなかを見ていいました。

「ガイコツさん、まとあてのまとはどこにあるの？」

「まとは、このおれだ！」

ガイコツさんは親指で自分を指さすと、屋台のおくでかっこいいポーズをとりました。つづけてもうひとりのガイコツさんが、さきっぽにべたべたしたテープのついたダーツを見せてせつめいします。

「体のどこかにあたったら十点、

ハートか星のらくがきにあてたら三十点、トマトのらくがきは五十点で、コウモリは百点。三本なげて、合計の点数がたかいほど、ごうか景品をプレゼントってしくみだ。さあ、だれからなげる?」

「あっ、あたしやりたい!」

カトリーナさんがいちばんに手をあげて、ダーツをうけとりました。

カトリーナさんははりきってダーツをなげましたが、一本目は屋台の天井にあたってはずれ。二本目はまとじゃないほうのガイコツさんにあたってはずれ。最後のダーツだけ、ぎりぎりでまとのガイコツさんの足にくっつきました。

「まったく花子はへたくそだなあ。ほらよ、十点の景品はこの豆電球だ」

カトリーナさんがしぶい顔で豆電球をもらいます。もしかしてそれ、このまえ理科室で実験をしたときのあまりじゃないかな。

「じゃあ、つぎはわたしの番ね。わたし、まとあてはけっこうとくいなんだから」

片目をつぶってしっかりねらいをさだめると、わたしはえいっ、とダーツをなげました。

最初のダーツは、トマトの絵にあたって五十点。二本目はコウモリの絵からちょっとはずれたところにくっついてしまいましたが、三本目でぴったりコウモリのまんなかにあてることができました。

「五十点に十点に百点で百六十点か。おお、なかなかやるな」

ガイコツさんはかんしんして景品をくれます。百六十点の景品は、宝石みたいにきれいな緑色の石でした。

「こんなきれいな石、もらっちゃっていいの？　理科室のものなんじゃないの？」

「おう、まえにすてられそうになってたのを、おれがこっそりとっておいたやつだからな」

「わたしもそれほしい！　ねえ、もういっかいやらせなさいよ！」

　カトリーナさんがせがみますが、つぎはノダちゃんの番です。わたしはダーツをもったノダちゃんをおうえんしました。

「ノダちゃん、がんばって！」

「まかせるのだ！　パパナッシュ流ひっさつ、ぜんぶなげなのだ！　へや――――っ！」

　きあいのはいった声といっしょに、ノダちゃんが三本のダーツをまとめてほうりなげます。ダーツはふわりととんでいって、みごとに三本とも、ガイコツさんのおでこのコウモリの絵に命中しました。

「やったのだ！　百点と百点と百点で三百点なのだ！」

「まいったぜ、満点がでるとは思わなかった。まさかこの景品をわたすことになるとはな」

ダーツをわたす係のガイコツさんが、そういっておくにいるまと係のガイコツさんをふりかえりました。満点の景品は、どんなごうかなものなんだろう。わたしがわくわくしていると、まとのガイコツさんが、むねのほねを一本とりはずしていいました。

「満点の景品は、なんとおれのほねだ」

「それはいらないのだ」

ノダちゃんはきっぱりことわりました。

そのとき、まつりばやしがべつの曲にかわりました。まつりばやしよりもっとにぎやかで、いまにもおどりだしたくなってしまいそうな曲です。

えんそうしているモーツァルトさんがいいました。

「どうだい、わたしの舞曲『おしゃれ音頭』は。カトリーナくんにたのまれて作曲した、大音楽家モーツァルトの最新作さ」

「モーツァルト先生、ご近所のかたにおこられてしまいますから、音量はひかえめでおねがいしますよ」

校長先生が注意します。

それからカトリーナさんがごきげんにいいました。

「おまつりにはおどりがつきものなんでしょ。あたしが最高におしゃれなおどりを見せてあげるわ。鏡の精、あんたもじゅんびしなさい」

ダーツをわたしていたガイコツさんが、「ハイハーイ」と陽気にこたえます。こっちが鏡の精だったようです。

「ガイコツおねがーい。鏡のまえにきてー」

鏡の精は本物のガイコツさんにそういって、屋台に立てかけてある鏡のなかにもどります。ガイコツさんがその鏡のまえでポーズをとったところで、わたしは屋台の反対がわに、もうひとつ大きな鏡がおいてあることに気がつきました。

鏡と鏡がむかいあわせになっているので、鏡の精のいる鏡のなかには、ガイコツさんのすがたがたくさんうつっています。ということは、もしかして……。

わたしの予想はあたっていました。鏡のなかから、本物そっくりのガイコツさんが、わらわらとおおぜいとびだしてきたのです。十人、二十人、もっとおおぜいのガイコツぐんだんです。

カトリーナさんは、紅白まくとちょうちんでかざられた台にのってまっています。その台のまわりに、ガイコツぐんだんがずらりとならびました。

「さあ、おどるわよ。おしゃれ音頭、スタート！」

カトリーナさんとガイコツぐんだんが、音楽にあわせておどりはじめます。おまつりのおどりというより、アイドルのダンスみたいだけど、たしかにおしゃれでかっこいいおどりでした。ガイコツぐんだんも、ぴったりうごきがそろっています。

おどりを見ていたノダちゃんが、「わがはいもおどりたいのだ！」といって立ちあがりました。

「サキちゃんもいっしょにおどるのだ！」

「ま、まって、そんないきなり……」

わたしはえんりょしようとしましたが、ノダちゃんにぐいぐい手をひっぱられて、カトリーナさんのおどっている台のまえまでつれていかれて

しまいます。 おまけに屋台の校長先生たちがはくしゅなんかするので、おどらないわけにはいかなくて、 わたしはあたふたとガイコツぐんだんのまねをしておどりはじめました。

練習もなにもしてないから、わたしのおどりはもうめちゃくちゃです。けれど、めちゃくちゃにおどりつづけているうちに、はずかしいのもわすれて、わたしはだんだんたのしくなっていました。

　おどりがおわったあとで、わたしが笑顔であせをぬぐっていると、ノダちゃんがわたしにきいてきました。

「サキちゃん、たのしそうなのだ」

「うん、とっても！　ありがとう、ノダちゃん。こんなたのしいおまつりをひらいてくれて。校長先生もガイコツさんもカトリーナさんも、モーツァルトさんもカッパくんも鏡の精も、みんなありがとう！」

　七ふしぎのみんなの顔を見まわして、わたしは心の底からお礼をいいました。

　そこでノダちゃんが、あっ、と声をあげました。

「わすれるところだったのだ。校長先生が、おみこしも用意してくれているのだ」

「えっ、おみこしまであるの!?」

きっとわたしがおみこしをかつぎたがっていたから、ノダちゃんが校長先生にたのんでくれたにちがいありません。

ところが校長先生は、なんだかこまった顔をしています。

「それが、しりあいがおみこしらしいものをもっているというので、かしてもらうことにしたのですが、だいぶ想像とちがうものがとどきましてね。ですが、せっかくですからもってきましょうか。ガイコツくんたち、はこぶのをてつだってもらえますか」

校長先生はガイコツぐんだんをひきつれて、校舎のなかにもどっていきます。

それからすこしたって、ガイコツぐんだんがかついできたものは、たしかにおみこしとにた形をしていました。だけどおみこしとちがって、上にのっているのはごうかなイスです。

これってもしかして、大むかしの王さまがつかっていたのりものじゃないかな。たしかこういうイスにすわって、家来の人たちにはこんでもらっているのを、テレビの番組で見たことがあります。

「かっこいいのだ！　わがはい、あれにのってみたいのだ！」

「あっ、じゃあわたしものりたい！」

そういったのは、ノダちゃんとわたしだけではありませんでした。校長先生をのぞいて、みんながイスにすわりたがったので、けっきょくじゃんけんですわるじゅんばんをきめることになりました。

『じゃ――んけん、ポン！』

「かった！」

わたしはチョキをだした手をふりあげていいました。

王さまのイスは、ふかふかしてすばらしいすわりごこちでした。わたしがイスにすわると、せえの、のかけ声でおみこしがもちあがって、見える景色がぐん、と高くなります。わあっ、とかんせいをあげてから見おろすと、いつのまにかコウモリガサのコウモリたちまで、おみこしをかつぐのをてつだっ

ていました。

　わっしょい、わっしょい、というにぎやかな声といっしょに、おみこしがうごきはじめました。みんながはりきっておみこしをゆらすので、おっこちないようにしっかりイスをつかみながら、わたしはゆっくりと屋上の景色を見わたしました。このすてきな夏まつりのことを、ずっとずっとわすれないように。

　そのとき、バサバサとつばさの音がきこえました。わたしがそっちを見あげると、大きなコウモリにへんしんした校長先生が、おみこしのまえではばたいています。

　校長先生が、足にもったカメラをかまえていいました。

「それでは記念さつえいとまいりましょう。いいですか、とりますよ」

　校長先生の「はいチーズ」の声に、わたしはとびっきりの笑顔で、カ

メラにむかってピースをしました。

七ふしぎのみんなとのひみつの夏まつりから、何日かたったあとのことです。中庭のそうじのとちゅうで、わたしが屋上のほうを見あげて、夏まつりのことを思いだしていると、いっしょにそうじをしていたもこちゃんが話しかけてきました。

「ねえ、もしかしてサキちゃんも、あのうわさをきいたの？　七ふしぎの八番目のうわさ」

「七ふしぎの八番目？」

だれか新しく七ふしぎのなかまにくわわったのでしょうか。きのうカッパくんと話したときは、そんなことといってなかったけど。

「なんだ、それで屋上を見てたんじゃなかったんだ。あのね、いま、すごいうわさになってるのよ。わたしも最初は、七ふしぎの八番目なんておかしいと思ったんだけど、ほんとうにふしぎなうわさなの」

「そのうわさって、どんなうわさ？」

「それがね、このまえの月曜日の夜、学校のそばのマンションにすんでる四年生が見たって話なんだけど。夜中に目がさめて、なんとなくまどの外を見たら、この学校の屋上で、七ふしぎの怪物たちがおまつりをしてたんだって。カッパもガイコツも、巨大なコウモリもいたそうよ」

わたしはぎくっとしてしまいました。わたしたちのひみつの夏まつり、バッチリ見られてしまっていたようです。

もこちゃんは、「しかもね、それだけじゃないの」とつづけます。

「七ふしぎの怪物たちは、王さまがすわるようなイスをかついでいて、そのイスに、パジャマすがたの女の子がすわっていたらしいのよ。たぶんその女の子が、怪物たちをしたがえている、七ふしぎの女王なんじゃないかっていわれてるの。これが七ふしぎの八番目のうわさってわけ」

「へ、へえ、そうなんだ……」

もこちゃんにあやしまれないように、できるだけふつうの声でこたえてから、わたしはおそるおそるきいてみました。

「ところで、その女の子って、どんな顔だったのかな」

「さあ、顔(かお)はよく見えなかったんじゃない？　こわくてすぐにカーテンをしめちゃったっていうし。トイレの花子(はなこ)さんっぽくはなかったらしいけど」

どうやらその女の子がわたしだということは、ばれないですみそうです。だけど、まさかわたしが、七ふしぎの女王にされてしまうとは思(おも)いませんでした。

わたしがくすっとわらってしまっていると、にぎやかな声(こえ)がきこえ

てきました。

「あっ、サキちゃん見つけたのだ！」

ノダちゃんがうれしそうにこっちに走ってきて、わたしにいいました。

「サキちゃんサキちゃん、すごいのだ！　サキちゃんのことが、学校中でうわさになっているのだ。さっきカトリーナさんがそういってたのだ」

それをきいたもこちゃんが、ふしぎそうな顔をします。

「サキちゃんのうわさって？」

「な、なんでもないなんでもない！　ねっ、ノダちゃん？」

わたしはあわててごまかすと、きょとんとしているノダちゃんに、こっそり「しいっ」と指を立ててみせました。

作者　如月かずさ（きさらぎかずさ）

1983年、群馬県桐生市生まれ。『サナギの見る夢』（講談社）で第49回講談社児童文学新人賞佳作、『ミステリアス・セブンス―封印の七不思議』（岩崎書店）で第7回ジュニア冒険小説大賞、『カエルの歌姫』（講談社）で第45回日本児童文学者協会新人賞を受賞。作品に『シンデレラウミウシの彼女』『おしごとのおはなし 交番のヒーロー』（講談社）、「パペット探偵団事件ファイルシリーズ」『怪盗王子チューリッパ!』（偕成社）などがある。

画家　はたこうしろう

1963年、兵庫県西宮市生まれ。絵本作家、イラストレーター。ブックデザインも数多く手がける。絵本に『なつのいちにち』（偕成社）、『むしとりに いこうよ!』（ほるぷ出版）、「クーとマーのおぼえるえほんシリーズ」（ポプラ社）、『ぎゅうぎゅうぎゅう』（講談社）、『ちいさくなったパパ』（小峰書店）など。さし絵に『ねこのたからさがし』（鈴木出版）、『あした あさって しあさって』『うそつきの天才』「パーシーシリーズ」「おばけとなかよしシリーズ」（小峰書店）などがある。

なのだのノダちゃん
ひみつのわくわく七ふしぎ

2016年 6月17日　第1刷発行
2024年 5月20日　第6刷発行

作者…如月かずさ

画家…はたこうしろう

ブックデザイン…タカハシデザイン室

発行者…小峰広一郎

発行所…株式会社　小峰書店　〒162-0066 東京都新宿区市谷台町4-15
TEL 03-3357-3521　FAX 03-3357-1027　https://www.komineshoten.co.jp/

組版・印刷…株式会社　精興社

製本…株式会社　松岳社

©2016 Kazusa Kisaragi & Koushirou Hata, Printed in Japan
ISBN978-4-338-29502-4　NDC913　143P　21㎝

乱丁・落丁本はお取り替えいたします。

本書の無断での複写（コピー）、上演、放送等の二次利用、翻案等は、著作権法上の例外を除き禁じられています。

本書の電子データ化などの無断複製は著作権法上の例外を除き禁じられています。代行業者等の第三者による本書の電子的複製も認められておりません。